siem-
pre lis-
tos

Grandes Novelas

LUIS E. GONZÁLEZ O'DONNELL

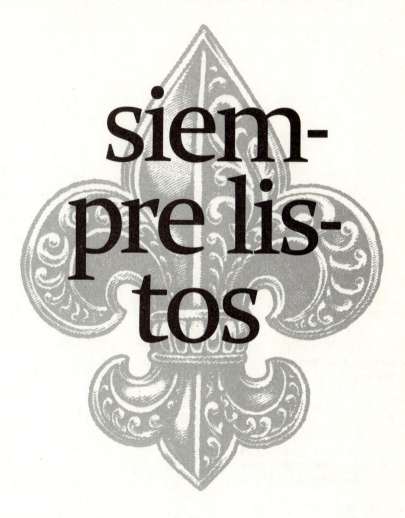

siem-pre lis-tos

EDICIONES B
MÉXICO

Barcelona · México · Bogotá · Buenos Aires · Caracas
Madrid · Miami · Montevideo · Santiago de Chile

Después de la inocencia
Primera edición, enero de 2012

Bradley 52, Anzures DF-11590, México
www.edicionesb.com.mx
editorial@edicionesb.com

ISBN: 978-607-480-229-0

Impreso en México | *Printed in Mexico*

A Mary, por todo

El Cañón de los Frailes

Tal como les habían advertido en la gasolinera, en el cruce donde dejaron la carretera estatal para internarse por el camino del Cañón de los Frailes, el pavimento acababa menos de cien metros más allá del estacionamiento de la fábrica *El Despertar*, una gran bodega pintada de naranja, en cuyas anchas puertas unos trabajadores estibaban tablas y triplay en un par de grandes tráileres.

Allí el conductor de la combi marcada a los costados con la flor de lis, emblema de los *boy scouts,* declaró que con ese vehículo no podía arriesgarse por la abrupta brecha de terracería que se internaba en el cañón porque si más tarde llovía, acabaría atascado; pero que volvería por los muchachos de la patrulla Jaguares a este mismo lugar, esa misma tarde o al día siguiente, cuando se lo ordenaran. Estacionó la combi a la sombra de un gran letrero que decía *Triplay*-M*aderas estufadas*, junto a la camioneta del doctor Miranda, detenida para esperarlos.

—Al cabo que nomás son tres o cuatro kilómetros al pueblo. Van a tener que arrear, chavales, pero pueden cargar las mochilas y el equipo en la camioneta del doctor —dijo con acento gallego el chofer de la combi, un tío cejijunto.

—Lo bueno que todavía no llueve —opinó uno de los chicos más jóvenes.

—¡Qué va a llover! Mira qué sol —respondió uno de los mayores.

—No debe llover —sentenció el más joven del grupo, tratando de hablar como los mayores—. Hoy es viernes y los viernes no debe llover, dice mi papá.

—Pues fíate del santo y no le reces —dijo el chofer gallego—. Nomás fíjate en las arañas: si andan alborotadas, significa que va a llover. ¡Ale, bajando!

⚜

La camioneta del doctor era grande, nueva, roja, de doble tracción y con un par de aparatosas antenas sobre el toldo. Parecía una máquina ideal para lidiar con la naturaleza salvaje. El doctor Germán Miranda —médico militar y de la Cruz Roja, y asesor de los boy scouts los fines de semana— ayudó a los muchachos a pasar los bultos, que él designaba a la manera castrense como «impedimenta», de la combi a la camioneta.

Una vez cargada la camioneta del doctor sólo quedaba lugar para un copiloto y el doctor Miranda ordenó al mayor de los muchachos, de nombre Esteban Hernández y jefe de la patrulla («guía», en la jerga scout), que ocupara el puesto. A los restantes se les dijo que marcharan en fila india, a no más de dos metros uno del otro. Los dos mayores debían ocupar los extremos de la columna y dejar en medio a los «lobatos» (de doce a trece años de edad), siempre a la vista y con los *walkie-talkies* encendidos para comunicarse entre ellos y con «la base Alfa», la camioneta del doctor.

Los scouts se enfilaron tras las huellas de la camioneta, por la retorcida vereda entre el riachuelo y el bosque, pisando como cargadores chinos, con los pies planos, para no torcerse los tobillos entre piedras y raíces. Estos muchachos no eran citadinos flácidos sino chicos duros, aprendices de montañismo y esforzados futbolistas como efectivamente eran. Para su fortuna, les tocaba una brecha ardua pero más o menos plana, libre de maleza. En cambio, del otro lado del río, donde la empinada pared de la barranca parecía muy cercana, el monte de encinos y oyameles era tan apretado que apenas se adivinaban los troncos tras la maraña de plantas trepadoras.

Del lado de la brecha, por el contrario, el bosque parecía un parque poblado de pinos Douglas, ninguno de más de 20 años de edad y algunos tan jóvenes que todavía no alcanzaban la altura de arbolitos de Navidad. Era una plantación bien cuidada, con los árboles a tres metros uno de otro perfectamente alineados. El terreno, cubierto de buen pasto y libre de maleza, se extendía tal vez quinientos metros hasta la otra pared del cañón, un laberinto de rocas casi verticales que a un primer vistazo los boy scouts catalogaron como ideal para practicar rappel, la técnica de montañismo cuyos rudimentos los mayores de la patrulla habían empezado a aprender la primavera anterior, antes de la llegada de la temporada de lluvias.

Al frente del contingente marchaba el subjefe o segundo guía de la patrulla, de nombre Miguel Ángel Saldaña, designado «puntero» en ese tipo de caminatas en terreno desconocido. Probó el walkie-talkie:

—Puntero llamando a retaguardia. Cambio.

Le contestó el tercero de mayor edad en la patrulla, no lobato sino explorador, Salim Ojeda, un moreno fornido que pronto ascendería a segundo guía y ahora cerraba la marcha:

—Oki-oki, gran jefe. Todavía ningún Testículo surge de la espesura. Cambio.

—No seas bruto, Salim —respondió el puntero—. Que no te oigan. Venimos en misión diplomática, no a provocar. Cambio.

—No tiembles, mi puntero. Nadie a la vista. Además, la palabra «testigo» viene de «testículo», porque para jurar que decían la verdad, toda la verdad y nada más que la verdad, los romanos se agarraban los susodichos. Pero, espera, sí vienen unos: ahorita los veo. Son unos chamacos: van por el río, brincando de piedra en piedra. ¿Los ves? Cambio.

—No los veo pero los oigo. Hay que saludarlos amistosamente, patrulla. Cambio y fuera —contestó el puntero.

⚜

En tiempo de lluvias, el Río de los Frailes no era un arroyuelo sino un torrente que arrastraba troncos y piedras, por lo cual, envueltos en el fragor de la correntada, los autodesignados «vigías del cañón», que desde el borde mismo del cauce venían espiando el avance de los fuereños, no habían captado las palabras; pero veían que estos uniformados se comunicaban por radio, como militares de película. Desde horas antes, cuando su maestro los había liberado de la escuela explicándoles que no podría darles clase porque debía ayudar a atender a unos visitantes, los chicos del pueblo daban por hecho que otra vez, como el año anterior, llegarían unas malhumoradas enfermeras de la Secretaría de Salubridad —ninguna normal: unas muy flacas y otras muy gordas—, cargadas de jeringas y dispuestas a inyectar sin miramientos. Pero, ¿soldados con walkie-talkies?

Matías Rosales, de doce años de edad y cabecilla del destacamento de pequeños vigías, sintió que a él le tocaba dar la cara: trepó el bajo talud al costado del río pero, en vez de saltar a la brecha, se irguió sobre el bordo construido para contener inundaciones, de modo que podía verse casi tan alto como los intrusos.

—¡Ustedes! ¿Son soldados? —preguntó Matías con la voz más ronca y firme que pudo proferir.

—Simón —le contestó Salim con el hablar golpeado que venía ensayando para el año entrante, cuando cumpliera quince y pudiera ascender a segundo guía de los Jaguares. Volteó a ver al niño con la mirada torva que también venía practicando: —Y mejor no te cruces, porque andamos en plan de guerra.

Pero Matías no se intimidó. Aunque no se veían blandos sino rudos —en especial el chaparro que acababa de ladrar—, aquellos muchachos aún no se libraban de un resabio infantil y parecían disfrazados en sus uniformes verde olivo. Sólo uno de ellos, que marchaba al frente, lucía un ralo vello sobre el labio superior, y se lo sobaba a cada momento, como para asegurarse de no haberlo perdido.

—No me llamo Simón. Soy Matías Rosales —dijo Matías.

—No le hagas caso —terció el de bigote incipiente—: dice «simón» cuando quiere decir «sí» porque estuvo en Chihuahua y aprendió a hablar como los cholos. Yo soy Miguel Ángel y vengo al mando de esta patrulla. ¿Tú te llamas Matías?

—Simón —respondió Matías—. Ya sé que no son soldados porque no traen fusiles y no usan botas sino tenis. Yo también uso tenis pero me los quito para no mojarlos en el río. ¿Por qué se disfrazan como soldados?

—Porque estamos en guerra —se apresuró a contestar Salim, para no ser totalmente marginado de la plática—, pero no contra la gente sino contra la enfermedad, contra el sarampión. ¿Tú, ya estás vacunado?

—¡Claro que no! ¿Cómo crees? Aquí nadie se vacuna.

Salim estaba listo para entrar en polémica, pero Miguel Ángel lo frenó con un gesto. Como *subguía* o subjefe de la patrulla quería averiguar de dónde salía tanta convicción en alguien tan joven como Matías:

—Bueno, algunos, los bebés, sí estarán vacunados… —dijo conciliadoramente Miguel Ángel, tanteando el terreno.

—No —repuso Matías, tajante—. El año pasado vinieron unas brujas de Salubridad y el profesor Benedicto salió con lo mismo, pero nadie le hizo caso. ¡Ni siendo el profesor…! Si volvía con lo mismo, lo iban a correr del pueblo.

De nuevo Salim estaba a punto de hablar, pero Miguel Ángel lo contuvo:

—¡A poco! ¿Tanto así? ¿Y quiénes lo iban a correr?

—¡Pues los Ancianos, quién crees! ¡Y mi abuelo es el más anciano de los Ancianos!

⚜

A esa hora, en el Salón del Reino, una antigua iglesita de la cual habían removido las imágenes religiosas, tenía lugar una junta decisiva. El abuelo de Matías, los otros cinco integrantes del Concejo de Ancianos y el profesor Benedicto, un treintañero de pelo tieso, parlamentaban con los jefes del contingente de fuereños. Los Ancianos examinaban a los visitantes con curiosidad no disimulada. Esteban Hernández, el primer jefe o «guía» de la patrulla de Jaguares, representaba dieciocho pero tenía dieciséis años de edad y era alto, pálido y cauteloso, aunque no apocado; y el doctor Miranda, un cuarentón sólido que ya empezaba a encanecer en las sienes, tenía la tez morena, ojos muy claros y la desconcertante costumbre de mirar sin pestañear.

Los Ancianos no lo eran tanto: tal vez ni llegaban a sexagenarios y su único común denominador era el aire de autoridad que exudaban. Teóricamente los seis tenían igual jerarquía, pero resaltaba la deferencia con que sus pares trataban al abuelo de Matías, Serapio Rosales, un hombrón de cara rojiza, blancas patillas erizadas, camisa de franela y ojos tan claros como los del doctor Miranda.

Uno de los ancianos, un bigotón de mirada inquieta, extendía sobre la mesa las páginas de un periodiquito, como tratando de atraer la atención de los reunidos. Pero un leve gesto de Rosales lo mantenía en silencio.

—Sugiero —dijo pausadamente el abuelo de Matías— que permitamos a nuestros visitantes explicar qué los trae por aquí.

—Gracias —dijo el doctor Miranda—. Primero voy a decirles a lo que no venimos. Yo soy médico de la Cruz Roja y, como es sabido, estamos empeñados en una campaña para frenar la epidemia de sarampión, pero hoy no venimos a vacunar a nadie.

—Ya le expliqué al doctor. Que aquí no son partidarios de las vacunas. Que el año pasado vino gente de Salubridad...

—empezó a decir el profesor Benedicto, tratando de capear las discusiones. Pero sintió la mirada de Serapio Rosales y, acariciándose la punzante cabellera, optó por callarse. En cambio el Anciano que desplegaba el periódico, como disgustado porque le quitaban el blanco sobre el cual se aprestaba a disparar, no se contuvo: —Y si no vienen a vacunar, ¿a qué vienen, si me es permitido preguntar?

—A conocerlos, contestar sus preguntas y ponernos a sus órdenes. Ni siquiera traemos vacunas. En cambio...

—¡Vacunas, vacunas! —el hombre del periodiquito masticó las palabras tras su bigotazo—. Me parece que usted ya sabe, doctor, que los Testigos de Jehová desconfiamos de las vacunas. Si me permiten, voy a leerles...

Serapio Rosales decidió poner orden. Fijó un momento la mirada en el periódico desplegado por el bigotón y ordenó suavemente:

—Permitan hablar al doctor, por favor. Continúe usted, doctor.

—Gracias. Antes de venir traté de informarme todo lo que pude sobre su comunidad y sus creencias. Lo que leí y lo que oí acerca de ustedes me inspiró admiración, en especial la historia de la construcción de la presa para frenar los aluviones que hacían estas barrancas inhabitables.

—En honor a la verdad, los primeros fueron los franciscanos —dijo el abuelo de Matías—. Por eso la presa aún se llama «de los Frailes», aunque el último fraile se ahogó hace un siglo: la cortina que habían construido era de cantera y adobe, un bordo, en realidad, con compuertas de madera, y no soportó las grandes lluvias de 1907 o 1908, no recuerdo. Reventó en mitad de la noche y el aluvión arrasó con el convento, los plantíos, los viveros, los huertos... un desastre.

Lo único que quedó medio en pie fue la capilla, este edificio, una ruina que nosotros tuvimos que reconstruir. Hasta los vitrales son imitación, no los originales.

Esteban alzó la vista. La luz dorada que penetraba por los altos y angostos ventanales empezaba a palidecer y a lo lejos se oyeron los primeros truenos.

—Pero no tema, doctor: para reconstruir la cortina de la presa usamos concreto y varilla de media pulgada, no adobe... —agregó Serapio Rosales, con una fugaz sonrisa—. Ahora mismo está tan llena que tuvimos que abrir las compuertas. Pero no hay peligro: aquí, nuestro ingeniero, don Carlos Alcántara —señaló con la mirada a un aciano ceniciento que los observaba a través de unos anteojos con cristales como lupas—, calcula que nuestra cortina resistiría un sismo de siete grados en esta sierra nunca tiembla. ¿Verdad, ingeniero?

El aludido se limitó a asentir en silencio. Miranda aprovechó la brecha:

—Lo que me asombra —dijo el doctor— es que ustedes son personas instruidas, universitarios, profesionistas, gente que lee y se mantiene informada. Aquí mismo veo, en aquel extremo del salón, ¿biblioteca, verdad?, un par de computadoras que no parecen estar de adorno. Apuesto a que tienen Internet, cuando no se les va la luz.

—Tenemos dos generadores con motores diésel —carraspeó desde su rincón el ingeniero Alcántara.

—Lo que a usted le asombra —dijo plácidamente el abuelo de Matías— es que, no siendo unos campesinos ignorantes, nos opongamos a las campañas de vacunación.

—¿Con franqueza? Sí —respondió sin pestañear el doctor Miranda.

Serapio Rosales concedió todavía una pausa y al cabo

volvió la vista al periodiquito desplegado por el bigotón:
—¿Ibas a leernos algo…?

—Sí —se apresuró el interpelado, temeroso de que volvieran a callarlo—. Aunque sospecho que el doctor ya conoce este texto. Pero lo leeré para información del joven boy scout. Este texto, joven, ¿Esteban?, proviene de *La Atalaya*, una de las revistas oficiales de nuestra organización, que cada quince días publica más de 26 millones de ejemplares en 151 idiomas y que se distribuyen en 111 países donde somos más de 6 millones y medio de practicantes activos, ¿comprendes, hijo?

«Bueno», pensó Esteban, «los boy scouts somos más: 40 millones en 165 países»; pero no lo dijo. En cambio, dado que aquel Anciano parecía dirigirse casi exclusivamente a él, se sintió obligado a contestar: —Sí. Sí, señor.

—Bien, hijo. Te lo explico para que veas que esto es serio, una cosa muy estudiada. Fíjate lo que dijo *La Atalaya* sobre las vacunas: «Son el más antinatural, antihigiénico, bárbaro, sucio, abominable y más peligroso método de infección. Su veneno contamina y corrompe la sangre de personas saludables, provocando úlceras, sífilis, escrófula (una enfermedad de los ganglios), erisipela (una infección de la piel), tuberculosis, cáncer, tétanos, demencia y muerte…»

—¿De qué fecha es ese ejemplar de *La Atalaya*? —cortó el doctor Miranda.

El interpelado se volvió hacia el médico, disimulando apenas el disgusto que le causaba ser interrumpido.

—De hace un tiempo.

—¿De qué fecha, por favor?

—Bueno, por aquí debe decir… —el hombre ganó un respiro revolviendo las páginas. En torno de la mesa el silencio ganó densidad. Se oyó un trueno ya no tan lejano, pero nadie le prestó atención. Al fin el bigotón tuvo que contestar: —3 de enero de 1923.

—Sí, lo mismo me dijo el vocero del Comité de Sucursal, ¿así se llama el cuerpo directivo de los Testigos de Jehová en cada país, verdad?, un señor Fermín Iturralde, con quien hablé hace unos días en la capital, fue muy amable. Me confirmó lo que yo, como médico, ya sabía: que esas dudas y sospechas sobre las vacunas hace ya mucho tiempo fueron descartadas no sólo por la ciencia sino también por los Testigos de Jehová. Tuvo la gentileza de proporcionarme esta fotocopia de otro artículo, no de *La Atalaya* sino de la otra publicación internacional de ustedes, llamada *¡Despertad!*, que según mis datos se publica mensualmente con un total de más de 32 millones de ejemplares en 82 idiomas. Este artículo es del 15 de diciembre de 1952: más reciente que el suyo, señor. Leo: «Cada individuo debe decidir por sí mismo sobre el tema de la vacunación. Cada quien debe asumir las consecuencias de su propia decisión, tomada de acuerdo con su conciencia y su apreciación de lo que es bueno para su salud... Nuestra Sociedad no puede ser responsabilizada por las consecuencias de las decisiones individuales...» En otras palabras, cada «practicante activo», ¿así se les llama, verdad?, debe decidir por sí mismo.

Por un momento, los Ancianos intercambiaron miradas en silencio, mientras el profesor Benedicto cruzado de brazos y recargado en el respaldo de la silla, meneaba la cabeza sin abrir la boca. Ahora retumbaban los truenos y por los ventanales emplomados sólo se colaba una luz amoratada. Serapio Rosales apoyó las palmas de sus manotas en la mesa y, dando por terminaba la audiencia, se incorporó pesadamente:

—Esta noche tendremos reunión de la congregación —dijo el abuelo de Matías—. Entonces decidiremos.

Cuando el doctor Miranda, el guía Esteban y el profesor Benedicto salieron del recinto apenas eran las dos de la tarde pero ya oscurecía, porque los nubarrones descendían sobre el pueblo.

—Pues sí, parece que va a llover —dijo el doctor—: ya huele a azufre, a tormenta eléctrica.

—Después de las cuatro de la tarde —dijo tranquilizadoramente el profesor Benedicto—. Esta temporada de lluvias es extraordinaria: empezó en Semana Santa, no en mayo, como es lo normal, y está lloviendo más que otros años, especialmente en lo alto de la sierra. Con decirle que la presa se mantiene al tope, aunque han abierto las compuertas... Pero aquí abajo casi nunca empieza a llover antes de las tres y media, cuatro, y escampa entre siete y ocho. Después todavía tenemos un rato de sol.

La capilla restaurada y convertida en Salón del Reino se alzaba sobre el lomo de una ancha colina, en un recodo del río y entre dos encinos aún más añosos que el templo. El edificio, con los gruesos muros muy blancos y el zócalo pintado de azul rey, resplandecía bajo el cielo encapotado. El antiguo atrio, rodeado por una verja de hierro forjado, había sido convertido en jardín, con tuberosas rojo vino, margaritones más grandes que las manos de los niños y rosas de té en los arriates; y a los costados arbustos podados para semejar venados y coyotes.

—Lo bueno es que los lobatos ya hicieron amistad con los del pueblo —dijo Esteban. Entre el florido atrio y la rivera del río había una explanada limpia de obstáculos que, a juzgar por los arcos de futbol y tableros de basquetbol, servía de campo deportivo, donde ahora los boy scouts más jóvenes y los pandilleritos del pueblo jugaban a todo vapor.

—Sí, hombre. Parece que funcionó el truco de los walkie-talkies: qué bueno. ¿Fue idea tuya?

—No, doctor. Se le ocurrió a Miguel Ángel: que la curiosidad atraparía al gato, dijo. Pero, ahora, mejor voy con ellos a ver dónde armar las tiendas de campaña, antes de que llueva. El rancho viene guisado, pero hay que instalar la estufa de campaña, para calentar...

—No se preocupen —interrumpió el profesor Benedicto—: ya consulté con los Ancianos y pueden dormir en la escuela, donde hay baños y hasta catres y estufa de gas que disponemos para los Testigos de Jehová de otros pueblos, cuando vienen a las convenciones de distrito.

—Mil gracias, profesor. Aceptamos con gusto porque parece que la lluvia va a estar dura —repuso Miranda. Y a Esteban: —De todos modos, vamos un momento con ellos. Que la cascarita no acabe en pleito. Tú mueve la camioneta, por favor, las llaves están pegadas: estaciónala frente a la escuela, para descargar la impedimenta.

Esteban marchó al trote y, calmosamente, el doctor y el profesor se acercaron al campo de juego, para que los chicos se sintieran vigilados. Salim y Miguel Ángel les salieron al encuentro:

—Brillante tu idea, Miguel Ángel. Me refiero a exhibir los walkie-talkies para atrapar a los gatitos —dijo el doctor Miranda—. ¿Cómo va el partido?

—Muy reñido —interceptó Salim—. Apenas uno a cero, ganando los Vacunos: es decir, los nuestros.

—¿Los qué? —preguntó el profesor Benedicto.

—Así nos llaman los del pueblo —explicó Miguel Ángel—. Como andamos con las vacunas...

—Válgame —sonrió el profesor—. ¿Y ustedes, cómo llaman a los locales?

Miguel Ángel vaciló y Salim copó el turno de responder:

—Pues, los Testículos. Por aquello de que los romanos se agarraban los...

—Sí, sí, hombre, conocemos la etimología... ¡Ja! —rió abiertamente el profesor.

El doctor Miranda también reía: —¡Por Dios! ¿Y los locales, no se ofenden?

—No, qué va —recuperó la plática Miguel Ángel—. Fue idea, aquí, de Salim, y también funcionó: los locales están encantados... se sienten muy machos.

En ese momento un enjuto Testículo pareció escurrirse por entre las pantorrillas de dos fornidos Vacunos, sorprendió al portero de los visitantes y lanzó un tiro que casi perfora la red. Los locales estallaron en ovación delirante: «¡Se ve, se siente, Testículo potente! ¡Se ve, se siente...!»

—Empataron. Buen momento para interrumpir el juego —dijo el doctor— Miguel Ángel, Salim, a ver si arrean a los Vacunos y los llevan a la escuela, a organizar el alojamiento.

La tormenta se cerraba poco a poco y los truenos reverberaban en las paredes del cañón, pero los lugareños no parecían preocupados. La única calle, recubierta de grava y chapopote, separaba el atrio-jardín público de una acicalada línea de edificaciones: un par de tiendecitas; la escuela, con paredes de un amarillo vibrante y tejado color terracota; una forrajería pintada de verde perico; un restaurantito azul, con un gran letrero que en letras rojas decía *Cocina Económica*; y cien metros más allá, al borde del pueblo, una bodega de materiales para la construcción, techada de rojo y cercada por cedros cuidadosamente podados. A lo largo de los edificios la banqueta de anchos tablones se elevaba tal vez un metro, cuatro o cinco escalones de piedra, sobre el nivel de la calle, como en una escenografía para filmar un *western*:

—Aquí, cuando llueve, llueve, y la calle se inunda —explicó el profesor Benedicto mientras él y Miranda se encaminaban a la escuela.

—Los jóvenes Vacunos y los jóvenes Testículos... —dijo el doctor Miranda, mitad para su guía, mitad para sí—. Jamás se me habría ocurrido. Los Ancianos y yo podríamos discutir horas, días, meses; y tal vez llegaríamos a una transacción; pero no nos convenceríamos, ni ellos a mí ni yo a ellos. Después de los cuarenta nos ataca la esclerosis mental. ¿No son sorprendentes los chicos muy jóvenes? ¿La imaginación, la libertad mental? Bueno, usted es maestro, don Benedicto: está en contacto con ellos todo el tiempo...

—Sí: yo aprendo con ellos tanto como ellos conmigo. Le digo a mi mujer que, mientras sea maestro, nunca voy a envejecer, porque mis alumnos no me dejan olvidar mi propia adolescencia. Usted, ¿fue boy scout, de muchacho?

—No. Yo vengo de una familia muy rígida. Mi padre era militar. Creo que colaboro con los scouts a ver si con ellos aprendo a ser joven, libre, despreocupado... —se interrumpió y lanzó una risita, como tratando de convertir en broma lo que había soltado en serio.

Resonaron truenos cercanos. Los edificios y el bosque que se cerraba en torno al pueblo resaltaban como recién pintados, con la nitidez que adquiere el paisaje cuando la lluvia ya se huele en el aire. Era un pueblecito tan pulcro que parecía centroeuropeo, no mexicano, pensó el doctor Miranda. Del restaurantito salió una mujer de edad indefinible y andar de gallina, ataviada con blanquísimo mandil y cofia almidonada, estilo Florence Nightingale. Sujetaba la cofia con una mano, para que no se la arrebatara el viento, que empezaba a soplar en remolinos:

—Mi querido profesor, dichosos los ojos que lo ven en esta pobre aldea un viernes por la tarde —parloteó la restaurantera—. ¿Qué, no se va usted a la ciudad antes de que llueva? ¡Caerá un diluvio, con mucho granizo! Ya ve cómo andan alborotadas las arañas... —para darle la razón, en ese momento retumbó un trueno sobre sus cabezas.

—Pues muy buenas tardes, doña Clodis... Aquí me tiene, cicerone de nuestros visitantes —saludó ceremoniosamente el profesor Benedicto—. Permítame presentarle al doctor Germán Miranda, distinguido facultativo de la benemérita Cruz Roja y asesor paternal, diría yo, de aquellos jovencitos boy scouts, también llamados, como usted sabe, niños exploradores... Y, doctor Miranda, permítame presentarle a doña Clodomira Chávez, la mejor cocinera de toda la comarca.

La señora Clodomira se hinchó de gozo: —¡Ay, qué mi profesor! ¡Siempre me hace blanco de su facundia, porque sabe de mi vicio de leer...! Es un adulador irresistible. Gran gusto conocerlo, señor doctor... Clodomira Chávez, para servir a usted. ¿Me harán el honor de venir a comer a mi humilde establecimiento? ¿O debo decir «manducar», mi profesor? ¡Ja, ja!

Antes de seguir hacia la escuela los hombres prometieron regresar al corto rato y doña Clodis, tan halagada que parecía pronta a cacarear, anunció que mandaría por truchas vivitas y coleando, para prepararlas de inmediato en cualquiera de los catorce estilos usuales en aquellos rumbos.

⚜

—Qué pueblo, éste —comentó Miranda cuando se alejaron de la señora—. Hasta la forma de hablar: no hablan como campesinos sino como gente de antes, como hablaban mis abuelos y mis tíos más viejos... Yo estudié en la Escuela Médica Militar y tanto en el ejército como ahora, en la Cruz Roja, recorrí medio país, pero nunca había visto... Bueno, hay pueblos ultra católicos donde la verdadera autoridad es la Iglesia y otros donde los protestantes son mayoría, pero no deben de ser muchas las comunidades completamente gobernadas por una secta tan minoritaria como los Testigos de Jehová.

—Pues, ni tan minoritaria. En todo el país hay más de once mil congregaciones como ésta. Según un boletín de información, digamos, reservada, que hace poco nos distribuyó la Secretaría de Educación, son la organización religiosa que más ha crecido en este país los últimos diez años. Nos recomiendan tratarlos con tacto y respetar sus creencias... Por ejemplo, no hay que llamarlos «secta», porque no les gusta. Pase usted, ésta es mi escuelita. ¿Ve? No hay más que mover las mesabancos para hacer lugar y desplegar los catres. Ahí están las colchonetas. Nomás les recomiendo cuidar mucho mi biblioteca de aula: si no se va la luz, los muchachos pueden tomar libros para leer, pero les recomiendo que luego los devuelvan cada uno a su lugar... Aquéllos son los baños y aquí, pase usted, la cocina.

—Excelente —aprobó el doctror Miranda—. Todo impecable, como el mandil de doña Clodomira. Dejaremos todo en orden, no se preocupe.

—Sí. Los Testigos son muy ordenados, muy limpiecitos, y así enseñan a sus niños.

—Pero usted no vive aquí. ¿Todavía no lo han convertido a su fe?

—¡No, qué va, mi doctor! Tampoco soy un gran católico. Más vale, soy agnóstico: ni creo ni dejo de creer. A mí sólo me permiten ocupar un cuartito con baño al fondo de la escuela, para no tener que bajar todos los días a la ciudad, sobre todo en tiempo de lluvias, cuando la brecha se pone difícil. Mi esposa y mis hijas, tengo dos niñas, viven en Santa María Jiloma, la cabecera municipal. Mi esposa también es maestra, pero ella sí es católica, de misa todos los domingos: jamás le permitirían vivir aquí. Yo bajo cada dos o tres días, sobre todo los fines de semana, para estar con mi familia.

El doctor Miranda no disimuló la curiosidad: —¿Los Testigos de Jehová expulsaron de este pueblo a los católicos? ¿A todos? Conozco lugares donde los enfrentamientos religiosos son muy violentos. Pero esta gente parece educada, no violenta.

—No, no: aquí no hubo lucha ni expulsiones. Hace cuarenta años aquí no vivía nadie: los aluviones arrasaban este cañón todos los años y aquí no fincaba nadie. Se consideraba que estas tierras no valían nada y nadie tenía papeles en regla, de modo que nadie se opuso cuando los Testigos empezaron a establecerse. Los tomaban por... rayados, locos. Después fueron legalizando sus títulos y, de nuevo, nadie se opuso.

Ahora sí habría interesados en venir aquí, pero ellos no le venden ni un metro de terreno a nadie que no sea de su fe.

En ese momento llegaron Miguel Ángel y Salim, conduciendo a los lobatos, que se sujetaban las boinas como doña Clodomira su cofia, para que no se las arrancara el viento. Esteban ya había estacionado la camioneta del doctor y ordenadamente descargaron mochilas y sacos de dormir, todo empacado según regulaciones, al estilo militar; y un par de cajas de rancho, baúles de aluminio con ruedas, como los que usa el ejército. El profesor Benedicto les mostró dónde acomodarse y calentar las vituallas mientras él y Miranda regresaban al restaurantito de doña Clodomira.

⚜

La señora los esperaba con sopa de hongos, quesadillas de papa y frijol y setas empanizadas, para que hicieran boca mientras ella preparaba unas truchas a la mostaza. Cuando se sentaron en una mesa junto a la ventana, empezó a llover. Por momentos el viento azotaba las ventanas con ramalazos de lluvia. Era bueno sentirse a cubierto.

—Parece un pueblo no sólo limpio sino, también, próspero. Hmm, ¡qué buena está esta sopa! Digo: aquí no se ve pobreza —retomó la plática el doctor Miranda.

—Nunca fueron pobres —el profesor se explayó con orgullo, como hablando de su propio pueblo—. Tenían dinero y recibían remesas del extranjero, de Estados Unidos. Con su propio trabajo, porque era difícil meter máquinas por aquí, reconstruyeron la Presa de los Frailes, para acabar con los aluviones y guardar agua todo el año, para riego. Empezaron la mejor explotación forestal de esta parte del estado: cada año, antes de las lluvias, plantan setenta, ochenta, cien mil nuevos arbolitos cultivados en sus propios viveros, y hasta el ejército viene a dar una mano. También tienen huertas de manzana y cultivan setas en cuevas, en los rincones más húmedos del bosque. Con sus criaderos de truchas arcoíris surten a una docena de restaurantes que usted habrá visto allá abajo, a lo largo de la carretera. Y el año pasado inauguraron su fábrica de triplay, donde acaba el pavimento. ¿Sabe por qué el pavimento no sigue hasta aquí, al mero pueblo?

La lluvia se convirtió en granizada tan furiosa que el estruendo de la pedrea sobre el tejado casi impedía oír lo que se hablaba. Pero no les importó porque llegaron las truchas, que olían a pura delicia. Sin embargo, cuando los hombres se inclinaban sobre los platos, la puerta se abrió de golpe e irrumpió un tropel de chiquillos, con Matías al frente:

—¡Tronó la presa! —gritaban— ¡Se reventó!

Altos vuelos

Era uno de esos días desesperantes, sin noticias: en la junta de planeación de las diez de la mañana sólo habían surgido nuevas huecas promesas del gobierno: reforzar la vigilancia en los descuidados panteones, donde las últimas semanas habían aparecido siete cuerpos de jovencitas descuartizadas; introducir agentes federales disfrazados de importadores para combatir la corrupción en las aduanas; intensificar la campaña contra la epidemia de sarampión; etcétera, y nuevos bramidos de los grupos que el *anchor person* Amadeo Mendoza llamaba «mendigos con garrote», como los reclamantes de viviendas gratuitas, de más desayunos y meriendas gratuitas en las escuelas gratuitas o de entradas gratuitas para estudiantes y ancianos en estadios deportivos, riñas de gallos, trasportes terrestres y aéreos, espectáculos de *table dance* y funciones de ópera en Bellas Artes. Nada electrizante.

En esos días que él llamaba «catalépticos», Mendoza lanzaba a la calle a su jauría de reporteros, con órdenes de regresar a las cuatro de la tarde con sensacionales revelaciones o con sus renuncias debidamente firmadas. Luego se encerraba con su computadora, para vigilar qué tramaban los canales de información nacionales y extranjeros; y por teléfono recorría su lista de contactos, de la A a la Z y vuelta, a ver qué brincaba.

Mendoza prefería comer a solas en su oficina, oyendo música clásica, para combatir la acidez. Pero la pesca telefónica de aquella mañana había sido tan magra que a la una de la tarde el *anchor person* decidió salir a comer con uno de sus informantes, a ver si lograba algo destellante para la emisión de *Esto Sucedió* de las diez de la noche: aunque sólo fuera llamarada de petate para iluminar el vacío.

El informante, un hombrecito de cráneo puntiagudo, era funcionario de alto nivel en Hacienda y cultivaba un estilo furtivo: Mendoza debía recogerlo en el estacionamiento subterráneo de la Secretaría, llevarlo a un restaurantito discreto, a trasmano, y después de la comida regresarlo a las húmedas catacumbas de la burocracia.

Hoy, tanto sigilo había sido inútil: o el infidente no tenía datos concretos sobre las ambiguas maniobras financieras de que se acusaba en esos días, tras las bambalinas del gobierno a un llamado «cardenal incómodo»; o prefería guardarse la información para venderla a un mejor postor.

Sea como fuere, esa tarde el *anchor person* volvió a la redacción furioso y con agruras. Los expertos en *casting* catalogaban a Mendoza como el yerno con que sueñan todas las suegras, por el aire seguro y apacible que el periodista adoptaba ante las cámaras; pero ahora se veía tenso y de semblante desencajado: esa noche los maquillistas iban a tener mucho trabajo con aquella cara. El *anchor person* estaba tan de malas que apenas ojeó el nuevo reporte según el cual *Esto Sucedió* seguía subiendo en el *rating*; y ni miró los tres mensajes de una restirada *socialite* que lo invitaba a cenar a la luz de las velas.

⚜

El milagro le llegó a Mendoza de quien menos lo esperaba: Mimí, una chica de falda corta, piernas delgaditas y grandes anteojos, encargada de monitorear toda la tarde las frecuencias de los servicios de emergencia, a la búsqueda de atentados, incendios o balaceras para engalanar el noticiario de la noche. Con unos desmesurados auriculares colgándole del cuello sobre el pecho plano, Mimí irrumpió, ruborizada pero decidida, nada menos que en la sacrosanta junta de redacción de las cuatro de la tarde:

—Perdón —tartamudeo—, pero algo pa-pasa en el Cañón de los Frailes, en la sierra de Chile Ancho, digo, de Momonte Alto, en...

—¿Qué pasa? —ladró Mendoza.

—Se reventó una pre-presa y el aluvión de lo-lodo está enterrando un pueblecito y en el río se están ahogando los boy scouts...

La jovencita se quedó sin aliento y, de los reporteros, ninguno osó hablar. No podían creer tanta maravilla. El rostro de Mendoza se iluminó y su cutis recuperó el color que admiraban las suegras: —Te amo, Mimí —dijo el *anchor person*, con un profundo suspiro—. ¿A qué distancia está ese paraje, el Chile Ancho?

—Como a unos cuarenta y tantos kilómetros al po-poniente del Periférico. Pero no es Chile, es Mo-monte. Al-to, no Ancho.

—Lo que sea. Vuelve al radio, chiquilla, a ver qué más pescas. Tú, Eloísa, consigue el helicóptero, ¡ahora! Jesusa: tú búscame ese chaleco tipo militar con muchas bolsas, el caqui que usé en Bagdad. ¡Ahora! ¡Todos en acción!

La junta degeneró en colmena enfurecida. Todo el edificio entró en resonancia, como parche de tambor.

Mientras tanto, en el Cañón de los Frailes reinaba el orden en el ojo del terror. El viento azotaba con ramalazos de lluvia y granizo a los Ancianos apretujados en el breve pórtico del Salón del Reino. Aún no se cortaba la electricidad y el alumbrado público estaba encendido, pero no hacía falta: los relámpagos iluminaban como resplandores de soldadura autógena.

—¿Cuánto tardará en llegarnos el aluvión? ¿Hasta qué altura puede subir el agua? —preguntó calmosamente Serapio Rosales.

Los relámpagos se reflejaban, duplicados, en los gruesos cristales de los anteojos del ingeniero Carlos Alcántara. El reconstructor de la presa movía la cabeza de un lado a otro, tratando de enfocar a sus interlocutores, pero no tenía respuestas: —La cortina no puede haber reventado —repetía el ingeniero, más para sí que para los otros—. Las cortinas no revientan. Sólo se habrá rasgado, tal vez en un costado, alrededor de la compuerta de uno de los vertederos. O voló la compuerta con todo y marco...

Una mujer redonda y de piernas cortas, envuelta de pies

a cabeza en una capa roja, llegó hasta ellos como pelota de playa, rebotando en el lodo. Les traía impermeables de plástico y más preguntas: —¿Qué vamos a hacer? ¿Qué vamos a hacer?

—Concéntrense en terreno alto, en la escuela —instruyó el abuelo de Matías—: hasta ahí no va a llegar el agua, ¿verdad?

—No sé —respondió con franqueza el ingeniero Alcántara.

La mujer de la capa roja no alcanzó a oír la descorazonadora respuesta porque había partido a los saltos, al parecer aliviada, en la dirección que le habían señalado.

—¡Vigilen a los niños! ¡Que nadie salga! —le gritó Serapio Rosales, pero su voz fue ahogada por un trueno.

Cegada por la lluvia, la mujer redonda apenas logró esquivar a Esteban y el doctor Miranda, que se acercaban al grupo, también a la carrera y envueltos en capas de hule. El médico cargaba una pequeña mochila, no a la espalda sino sobre el pecho; y vociferaba ante un micrófono que casi le cubría la boca: —Si nuestro helicóptero no puede con esta lluvia, recurre al ejército, ¿me oyes? ¿Me oyes? ¡Cambio!

De los auriculares que el médico traía calzados sobre las orejas brotaban sonidos como toses, chirridos y estornudos, tal vez palabras, que en el fragor de la tormenta los Ancianos no lograban descifrar.

—Los celulares están muertos, por la tormenta —explicó Esteban a los Ancianos, abriendo mucho la boca, para recuperar el aliento—; pero el *transceiver* del doctor, ese radio que trae, se enlaza con el transmisor de la camioneta y ya logró comunicarse con la Cruz Roja.

—¡Habla directamente, de mi parte, con el coronel Menéndez, del Estado Mayor Presidencial! —jadeaba Miranda ante el micrófono—. ¡El ejército tiene esos viejos *Huey* que vuelan en todo tiempo! ¡Si volaban en Vietnam, en pleno monzón...! ¡Habla ahora!, ¿oyes?, ¡ahora!

En ese momento se cortó la electricidad y se apagó el alumbrado público. Entre rayo y relámpago el cielo no era negro sino de un morado muy oscuro.

—Los niños y las mujeres están a cubierto —informó Esteban a los Ancianos—. Los de mi patrulla ayudan al profesor Benedicto a guardar el orden. Ya encontraron el generador de emergencia en la caseta atrás de la escuela y Miguel Ángel, mi segundo al mando, que trabaja en el taller mecánico de su familia, lo echará a andar cuando se vaya la luz... bueno, ya se fue, así que, ahora...

El alumbrado público, grandes luminarias de gas de sodio, parpadeó un par de veces y volvió a la vida, señal de que Miguel Ángel estaba haciendo su parte.

—¡Dile que hay que evacuar a unos trescientos, entre adultos y niños...! ¡Dile que...! Mejor, enlázame directamente con Menéndez, ¿sí? —bramaba el doctor ante su micrófono.

—Bien. Todo bajo control —respiró brevemente el abuelo de Matías—. ¿Dónde está Alcántara? ¿Adónde fue?

—Bajó al sótano, a ver el otro generador, por si hace falta, aunque yo no creo... —resolló con fastidio el Anciano bigotón enemigo de las vacunas.

—Hace bien —cortó Serapio Rosales—. Yo tampoco creo, pero hay que prever.

—Perdón —se atrevió a intervenir Esteban—. A esta hora, ¿queda gente allá abajo, en la fábrica de triplay? ¿No hay que avisarles?

—¡Pues, sí, hijo, claro! —prorrumpió otro de los Ancianos— ¡Serapio, el boy scout tiene razón, hay que sonar la campana!

—No se puede hacer sonar la campana —rezongó el Anciano bigotón— la reata estaba podrida y a cambio le colgamos una cadena, pero un par de metros, no más... Para jalar de la cadena habría que trepar a la torre y de noche, con este viento...

—No, no queremos accidentes —dijo el abuelo de Matías—. ¿No tenemos bengalas?

—Creo que sí, abuelo —dijo Matías, asomándose a medias tras un seto podado para semejar un puerquito—: en una caja, en el sótano. Las que sobraron de la boda del primo Artemio. Voy por ellas, yo sé dónde...

—¿Qué hace aquí este niño? —se encrespó Serapio Rosales—. ¿Por qué no está en la escuela, con el resto? —cortó el berrinche cuando vio que el chiquillo, fingiendo no oír, corría hacia la puerta del Salón del Reino, rumbo al sótano.

El doctor Miranda advirtió la escena sólo de reojo porque, mientras esperaba el enlace con el coronel Menéndez, se había apartado unos pasos del grupo, para abarcar mejor el panorama y observar, ahora que había vuelto la luz, cómo avanzaba la inundación del pequeño campo deportivo y del jardín en que habían convertido el atrio de la ex iglesia. No podía decir cuánta de esa agua lodosa provenía del río o era acumulación de lluvia, pero sí veía que el nivel subía minuto a minuto. También vio entre luces y sombras que a la puerta del Salón un chiquillo se impactaba contra las rodillas de un hombre que venía saliendo. Era el ingeniero Alcántara, que atrapó a Matías y lo apartó de la puerta:

—Hay que irse de aquí, ahora —dijo ahogadamente el ingeniero. Al resplandor entremezclado de relámpagos y lámparas de sodio el rostro de Alcántara se veía más verde que gris, como si fuera a vomitar; pero siguió hablando entre dientes, con los labios apretados—. El sótano se está inundando, hay una grieta en los cimientos, del lado del río, y el edificio se va a colapsar. Tenemos que...

Nadie pudo oír lo que a continuación dijo Alcántara porque, en ese momento, de lo alto de la sierra se abatió sobre el pueblo una andanada de sordos estampidos, como explosiones de cohetones subterráneos.

—Hola, mayor Miranda, aquí el coronel Menéndez —crepitaron repentinamente los auriculares en las orejas del doctor—. ¿Qué son esas detonaciones? ¿Me copia, mayor? ¡Cambio!

Con un par de zancadas Miranda volvió al grupo apeñuscado en el pórtico y cogió de un brazo al ingeniero Alcántara, cuyos anteojos le colgaban torcidos, tal vez quebrados:
—¿Qué fue eso? ¿Qué fue eso?

Alcántara fijó en el doctor sus anchos ojos miopes y boqueó como pez, pero no contestó. En cambio lo hizo otro de los Ancianos: —Creo que son los troncos de las pequeñas presas, los criaderos de truchas. Están ahogados en concreto y enterrados más de un metro, pero, escuche, se quiebran como palillos... Yo creo que ahora sí reventó la cortina: se abrió en canal. ¡Ahora sí se oye cómo se nos viene...! Hay que correr, subirse a los tejados... ¡Vamos, corran...!

Todos echaron a correr hacia la escuela, con el agua a media pantorrilla y enredándose en los largos impermeables, tropezando y resbalando en el lodo. A sus espaldas el creciente rugido del aluvión cubría todo sonido, inclusive los gritos de orgullo que Matías lanzaba desde lo alto de la torre:

—¡Miren, miren! ¡Aquí estoy! ¡Voy a tocar la campana! —gritaba el chiquillo, pero nadie oía. En cambio el doctor Miranda, sin dejar de correr, se concentraba en su radio, porque de ese aparato dependían ahora tres centenares de vidas.

—Aquí Menéndez —resonó de pronto el vozarrón del coronel en los auriculares del doctor—. ¡Ya escuché! ¡Ya comprendo, Miranda! ¡Ya me informó la Cruz Roja! Estoy consiguiendo helicópteros. ¡No se desconecte de esta frecuencia! ¿Tiene batería? ¡Cambio!

—Por ahora sí, mi coronel: para una hora, hora y media. Cambio.

—Enterado. No se aparte de esta frecuencia. ¿Qué es? ¿Una frecuencia de la Cruz Roja? Vuelvo con usted en cinco minutos: ¡cambio y fuera!

Cuando llegaron ante la escuela la puerta se abrió de golpe y emergieron el profesor Benedicto, Miguel Ángel y Salim, tratando de salir todos al mismo tiempo. Entonces, simultáneamente, sucedieron dos cosas: primero, el ingeniero Alcántara cayó de bruces, como fulminado; y segundo, Salim alzó la vista por sobre las cabezas del grupo y a la luz de los relámpagos vio en lo alto del campanario a Matías, que se colgaba de la cadena, tratando con todas sus fuerzas de destrabar el herrumbrado mecanismo de la campana. Pero nadie vio lo que veía Salim porque se arremolinaban en torno al ingeniero Alcántara:

—¡Aire, aire! —ordenó el doctor Miranda—. ¡Permítanle respirar!

—Es un infarto —dijo Serapio Rosales—. ¿Es un infarto, doctor?

Miranda no le contestó. En cambio impartió instrucciones: —Esteban, Miguel Ángel: ustedes, que saben cómo, cárguenlo sin apretujarlo y acuéstenlo allá, sobre aquel escritorio. Todos los demás: apártense, no quiten el aire. Voy a la camioneta por el botiquín.

Mientras tanto Salim no podía apartar los ojos del campanario. «Se va a caer o se va a estrangular», pensaba, furioso: «y la culpa es mía. Seguramente se me escapó cuando se fue la luz y Miguel Ángel salió a encender el generador. Ahora el mugre escuincle se va a ahorcar con esa cadena y la culpa será mía».

En ese momento, a espaldas de Salim, el generador tosió y las luces parpadearon. «Le dije a Miguel Ángel que rellenara el tanque», gritó Salim para sus adentros. Sintió que el doctor pasaba como ráfaga, cargado con el maletín de primeros auxilios, que en realidad no era un maletín sino una gorda mochila. Oyó, adentro, la voz del profesor Benedicto, ahora tan espinosa como su cabellera:

—¡Se está acabando el diésel! ¡Enciendan las lámparas de gas, porque se va a ir la luz! —ordenaba el profesor.

Efectivamente, el generador tosió otra vez y se apagó. Al instante empezaron a brillar en la escuela un par de lámparas de gas, pero ya no había alumbrado público y sólo por los destellos de los relámpagos, como en una pesadilla estroboscópica, podía Salim entrever a Matías en lo alto del campanario. «Mugre escuincle, se va a morir a oscuras», pensó el boy scout con un escalofrío mental.

En el aula, Miranda confió el radio a Esteban y empezó el sistemático examen del tieso cuerpo del ingeniero Alcántara.

—Miguel Ángel, a ver qué puedes hacer con ese generador —ordenó sin quitar los ojos de su exánime paciente—. ¿Dónde está Salim?

Nadie le contestó y el médico siguió en lo suyo. Afuera, Salim se dijo «ahora o nunca» y partió al galope hacia el Salón del Reino, a trepar al campanario para salvar a Mat.

El helicóptero de *Esto Sucedió* revoloteaba ciegamente sobre el Cañón de los Frailes. Apenas medio minuto antes habían divisado en las nubes bajas el resplandor de las luces del pueblo, pero ahora sólo quedaban los rayos, tan cercanos que relámpago y trueno les llegaban casi al mismo tiempo. El reflector de la nave sólo iluminaba follaje retorcido por el viento, rocas puntiagudas, torrentes en ebullición, oleadas de lluvia.

—¿Su radio enmudeció? ¿Se habrán quedado sin batería? —preguntó Amadeo Mendoza, a nadie en particular.

—No podemos acercarnos tanto, Amadeo: es muy peligroso —dijo el piloto.

—Hummm... —gruñó el copiloto.

—No mamen —acotó amablemente el camarógrafo jefe—: estoy captando unas tomas de tormenta que, si esta carcacha se desploma y todos mueren menos yo, podré vendérselas al National Geographic Channel.

En ese momento la radio pareció eructar y todos chistaron para callar al camarógrafo jefe:

—¡Aquí Menéndez! —resonó una voz de mando— ¿Me copia, doctor Miranda? ¿Mayor Miranda...? ¡Cambio!

—Graba todo: quiero cada sílaba —siseó Amadeo Mendoza al oído de su ayudante.

—Aquí el primer guía scout Esteban Hernández, señor coronel —irrumpió una voz juvenil—. El doctor Miranda atiende a un infartado, perdón, un paciente. Yo estoy al mando de la patrulla Jaguares. Esperamos instrucciones, señor. ¡Cambio!

—Enterado, soldado. Dígale al mayor Miranda que los pájaros están despegando. Nomás dos, pero hay que apechugar: tendrán que saltar varias veces, ida y vuelta. Preparen la evacuación: el infartado, los niños pequeños y las mujeres, primero;

después los adolescentes, incluso sus muchachitos, primer guía: ¿entendió?; y al fin los hombres que no hayan podido salir por sus propios medios. ¡Cambio!

—Enterado, señor. Cambio.

—No apague el radio, soldado. Mientras las baterías aguanten... Los pájaros se comunicarán con ustedes en esta misma frecuencia. ¡Cambio!

⚜

En ese momento Miguel Ángel, a tientas en la penumbra, terminó de llenar el tanque del generador y lo echó a andar. Volvió la luz y el pueblo resurgió de la oscuridad. A cien metros de altura, el helicóptero de *Esto Sucedió* se sacudía como abofeteado por el viento, y bocanadas de lluvia y jirones de niebla se interponían por momentos, pero estaban sobre los tejados y el reflector perfilaba los detalles en alto contraste. « ¡Cámara!», ordenó de soslayo el *anchor person*.

—Hace media hora que estamos grabando —murmuró entre dientes el camarógrafo jefe.

—¡Vean esto, señoras y señores! ¡Esto no *sucedió*: está *sucediendo* ahora mismo en aquel campanario! —gritó Amadeo Mendoza ante el micrófono, con la entonación urgente que reservaba para las trasmisiones «en vivo y en directo»—¡Son dos niños, no, un hombre y un niño, atrapados por la tempestad en lo más alto del campanario de la pequeña iglesia de este desventurado pueblecito...! ¡Van a ser barridos por el ventarrón, arrojados al abismo...! Señoras y señores: esto es... ¡es-pe-luz-nan-te! ¡Miren ahora: de alguna parte sacaron una soga, una reata, y se están amarrando, para resistir el vendaval…! Ahora veo el uniforme del hombre. ¡No es un hombre, es un boy scout, un adolescente, un valiente jovencito que está arriesgando su vida para evitar que el niño le sea arrebatado de los brazos por las furiosas rachas…!

Habían encontrado en un rincón del estrecho balcón del campanario la vieja reata descartada y se estaban amarrando fuertemente, Matías cargado como mochila a la espalda de Salim. Los truenos, las furiosas ráfagas y el torrente que rugía allá abajo, al pie del campanario, no les permitían oír el traquetear del helicóptero que giraba sobre sus cabezas, azotándolos con una terrible luz que ellos ni percibían. Tampoco podían comunicarse hablando, porque cada vez que abrían las bocas el viento se las llenaba de lluvia. Pero ambos sentían bajo los pies que el campanario trepidaba, parecía inclinarse buscando apoyo en los enormes encinos que lo flanqueaban. Con un par de bruscas señas Salim hizo entender a Matías que usarían la reata para asegurarse al árbol más cercano; el niño comprendió de inmediato y se aferró a los hombros y la cintura de Salim con brazos y piernas, para dejar libres las manos del boy scout.

Salim preparó un nudo corredizo para tratar de enlazarse al encino. Tuvo que intentarlo tres veces, aprovechando los brevísimos respiros entre las coces del viento, pero al fin logró atrapar una rama gruesa y nudosa que parecía capaz de soportar el peso…

Lo que al cabo forzó la decisión de Salim fue el colapso del Salón del Reino: lenta pero inexorablemente el campanario empezó a inclinarse y hundirse, el suelo se les fue de los pies y él y Matías, amarrados como estaban, quedaron colgados del encino mientras la torre se derrumbaba a sus espaldas, bajo la enceguecedora luz del reflector del helicóptero de *Esto Sucedió.*

⚜

—¡Señoras y señores, qué bueno que las cámaras captaron esta increíble escena, porque yo, les confieso, no tendría palabras para describir lo que acaba de suceder ante nuestros ojos! —se desgañitaba Amadeo Mendoza, mientras Salim y Matías, estrechamente amarrados, se columpiaban en el vacío y a puro instinto, casi a ciegas, usaban pies y rodillas para evitar que el ventarrón los estrellara contra el encino o los ensartara en las filosas astillas, como cuchillos de varias puntas, dejadas en el tronco por las ramas que el granizo había desgajado— ¡El viento los sacude como a muñequitos de trapo! ¿Aguantará la rama a la que lograron enlazarse en el instante supremo, o caerán para estrellarse en el montón de escombro en que ha quedado convertida la torre, vean ustedes, no sólo la torre sino todo el templo...? Y esa reata, que parece deshilachada, tal vez podrida, ¿cuánto tiempo aguantará la fricción con la áspera corteza, antes de reventarse y precipitar a estos maravillosos muchachos al negro torrente que ruge allá abajo...?

—Helicóptero *Bell* que sobrevuela el área a baja altura —carraspeó el radio en ese momento—: está entorpeciendo una operación militar y debe alejarse de inmediato, despejar el área. *Bell* con logotipo de *Esto Sucedió*, ¿me copia? ¡Cambio!

Sólo entonces, de reojo, Amadeo Mendoza alcanzó a entrever los grandes y oscuros *Huey* militares que rebasaban la cresta de la barranca y, encendiendo sus propios reflectores, descendían como zopilotes sobre la escena en el fondo del cañón.

—Hay que apartarse, patrón —dijo el piloto de *Esto sucedió*—. Con el ejército no se bromea.

Amadeo Mendoza se encogió de hombros y cuello, como si espantara una avispa, y siguió hablando ante el micrófono:
—¿Y cuánto tiempo puede resistir ese árbol, hundido en el torrente que debe estar minando sus raíces? ¿Cuánto tiempo tardará este añoso, enorme encino, en abatirse, arrastrando al abismo su preciosa...?

No pudo continuar porque el piloto empezó a describir un amplio círculo para ganar altura y alejarse de los aparatos militares: —Aquí *Bell* de *Esto Sucedió* —dijo el piloto ante su propio micrófono—. Estamos en misión periodística. Pedimos permiso para mantenernos a distancia de teleobjetivo y filmar la operación de rescate que ustedes van a efectuar. Mantendremos distancia prudente. Cambio.

—Enterado, *Esto Sucedió*. Tienen permiso si se mantienen a distancia prudencial.

Finalmente, el estruendo de tres helicópteros sobre el pueblo y el hurgar de los dedos de luz de sus reflectores se sobrepusieron al fragor de la tormenta y atraparon la atención de los agolpados en la escuela. Muchos salieron a la alta banqueta de tablones, todavía medio metro sobre el nivel de las aguas que anegaban la calle, para gesticular, gritar, aplaudir... En un instante, en la escuela sólo quedaron el doctor Miranda, Miguel Ángel y Esteban en torno al cuerpo del ingeniero Alcántara, que en ese momento empezó a agitarse, como sacudido por un acceso de tos. Entre el doctor y Miguel Ángel lo pusieron de costado, para que pudiera vomitar sin ahogarse. El rostro del ingeniero ya no parecía verde ni azul sino blanco, como enharinado.

—Aquí Escuadrón de Emergencias del Estado Mayor Presidencial, sobrevolando el área en misión de rescate —rechinó el radio en los oídos de Esteban—. ¿Me copian? Aquí teniente primero helicopterista Mario Roberto Gálvez, reportándome con el mayor médico Germán Miranda. ¡Cambio!

—Copio alto y claro, teniente primero —respondió Esteban, recordando que así se dice en las películas—. El mayor...

Miranda se apoderó del radio: —Tengo un paciente en posible crisis cardiaca, teniente. Hay que trasportarlo de inmediato al Hospital Militar y advertir al servicio de urgencias cardiacas. ¡Cambio!

—Enterado, mi mayor. Veo el área anegada: no voy a aterrizar, pero bajaremos la canastilla, para izar al paciente. Sólo les recomiendo que lo amarren muy bien a la camilla. Cambio y fuera.

Guiado por el grupo que se arremolinaba a las puertas de la escuela —algunos en plena calle, con el agua y el lodo a medio muslo— y tratando de mantener su posición entre los golpes del viento, uno de los *Huey* descendió hasta apenas un par de metros sobre los tejados del pueblo y de una compuerta en el vientre de la nave empezó a descolgar una jaula que parecía canastilla de globo aerostático. Cuando tuvieron el artilugio al alcance de sus manos, varios hombres se colgaron de la canastilla, para inmovilizarla e impedir que azotara las fachadas. A falta de camilla, el doctor Miranda, Miguel

Ángel y Esteban amarraron al ingeniero Alcántara a un catre, lo metieron a la canastilla y dieron la señal de izarlo.

La pequeña multitud no podía despegar los ojos de la canastilla que ascendía lentamente, bamboleándose y girando en la luz entrecruzada de los reflectores. Desde lo alto y a la menor distancia que su piloto juzgaba prudente, también el equipo de *Esto Sucedió* seguía el procedimiento, casi sin respirar, pero filmándolo milímetro a milímetro. Al fin la canastilla fue tragada por la barriga del helicóptero, que de inmediato se elevó y enfiló hacia la ciudad, no sin antes iluminar con su reflector por un instante, de refilón, las patéticas figuritas de Salim y Matías, amarrados a uno de los encinos que ahora flanqueaban el hueco dejado en la noche por el Salón del Reino.

Esteban fue el único que alcanzó a vislumbrarlos y por un instante no pudo hablar, ahogado por su propia saliva. En cambio tironeó de una manga al doctor Miranda, señalando con el brazo extendido hacia los viejos encinos. Ahora la tormenta parecía empezar a alejarse del pueblo; pero todavía estalló un relámpago y a su luz Miguel Ángel y el médico vieron lo que les señalaba Esteban:

—Carajo —por fin habló Esteban. El doctor Miranda y Miguel Ángel voltearon a verlo, porque en condiciones normales el primer guía de los Jaguares era cuidadoso en el hablar.

—Hay que bajarlos —dijo Miguel Ángel.

—Vamos por cuerdas —dijo Esteban.

Los muchachos corrieron hacia la camioneta del doctor, a salvo de la inundación por aquellas altas llantas «todo terreno», para extraer el equipo de montañismo. Miranda recurrió al radio:

—Atención, Escuadrón de Emergencia: aquí el mayor

Miranda. Todavía tenemos dos sujetos en inminente peligro. En lo alto de uno de esos encinos, casi sobre el río. Iluminen el área y díganme qué pueden hacer. Cambio.

El *Huey* restante contestó de inmediato:

—Enterado, mi mayor. Aquí vamos. Cambio.

⚜

Salim y Matías respiraban mejor desde que habían logrado montarse a horcajadas en sendas ramas del encino y descansar, abrazados al grueso tronco. Desde su privilegiado punto de vista habían presenciado, tan boquiabiertos como Amadeo Mendoza y los camarógrafos que revoloteaban no tan lejos, la maniobra de izar desde uno de los helicópteros un cuerpo amarrado a un catre; y aquel exitoso rescate les dio optimismo, aunque seguían como pájaros desplumados, colgados de un par de ramas a quince metros de altura sobre el negro torrente. Respiraban profundamente y trataban de recuperar fuerzas para intentar el descenso con brazos y piernas, como simios, cuando vieron que el segundo de los helicópteros mayores, el único que seguía en la escena cercana, los enfocaba con su reflector y se les acercaba.

—¡Van a izarnos, escuincle! ¡Prepárate! —gritó Salim, pero no estaba cierto de hacerse oír. Al mismo tiempo, en uno de los vaivenes del ojo de luz del reflector del helicóptero, vio a Esteban y Miguel Ángel que con el agua arriba de la cintura se acercaban revoleando lazos, como vaqueros de rodeo. —¡Y ahí viene la caballería al rescate! Después de tanto escándalo, parece que no vamos a morirnos…

Pero un vozarrón que repentinamente bajó del cielo le cortó la risa:

—¡Atención, boy scout explorador Salim Ojeda! ¡Éste es el Escuadrón de Emergencias del Estado Mayor Presidencial! —atronaron las bocinas del helicóptero. Por momentos el viento se llevaba las palabras, pero Salim podía reconstruirlas mentalmente: —¡Escuche y siga al pie de la letra las instrucciones! Esta nave no tiene canastilla: repito, no tenemos canastilla, de modo que vamos a izarlos individualmente. El mayor Miranda me dice que en su entrenamiento de montañismo usted aprendió a usar aparejos de rescate: más le vale. Vamos a acercarle el arnés: debe atraparlo y amarrar al niño, para que podamos izarlo. Repito: el niño primero. Después volveremos por usted. ¡Ahí le va...!

Aquel manojo de cinturones y hebillas emergió de la oscuridad tan rápidamente que Salim apenas tuvo tiempo de apartar la cabeza y atraparlo. De inmediato se lo calzó a Matías, ajustó las correas, cortó con su navaja del ejército suizo las amarras que aún sujetaban al niño al tronco del encino y con el pulgar de la mano izquierda hizo la seña de izarlo. Matías empezó a elevarse y en cuestión de segundos entró en el helicóptero.

Fugazmente, Salim vio que Esteban y Miguel Ángel practicaban una extraña danza, girando con el agua hasta el ombligo en torno del encino, como dispuestos a recibirlo en brazos si él perdía pie y caía. No pudo ver más porque casi de inmediato tuvo el arnés ante sus narices y el vozarrón del helicóptero le erizó los pelos de la nuca:

—¡Bien hecho, boy scout explorador! ¡Niño a salvo! ¡Ahora, amárrese usted!

Salim obedeció e hizo la seña con el pulgar. Por diez o

quince segundos se columpió en la lluvia y de pronto sintió que unas ásperas manos lo aferraban por las axilas y lo metían en el helicóptero, cuyo interior, por contraste con la tormenta que aún se descargaba afuera, parecía una pecera apenas iluminada con luz roja, como la que se usaba en los antiguos laboratorios fotográficos. Los tripulantes se movían como peces rosados: habían tendido a Matías en una colchoneta y parecían auscultarlo; y a él también lo palpaban unos dedos huesudos, como buscándole heridas.

—Estoy bien, no tengo nada roto —dijo Salim, tratando de incorporarse; pero un par de grandes manos lo mantuvieron tendido. —Gracias, muchas gracias —alzó la voz el boy scout—, pero por favor bájenme ahora mismo: tengo que ayudar a mis compañeros.

—Negativo —le llegó desde el frente la voz del piloto—. Van derecho al hospital, a un chequeo médico.

El tono del militar no admitía réplica, de modo que Salim optó por calmarse. En cambio reptó de espaldas para acercarse a la oreja de Matías.

—¿Estás bien, mugre escuincle?

—Simón —contesto Matías.

Se miraron en la tiniebla rojiza y rompieron a reír locamente.

Telespectadores

DURANTE EL BREVE VUELO de regreso a la ciudad, Amadeo Mendoza convirtió su helicóptero en puesto de comando: usando al mismo tiempo tres celulares y el radioteléfono de la nave, logró no sólo que lo comunicaran con Germán Miranda en el inundado Cañón de los Frailes (el doctor le informó que no había más gente en peligro, que la tormenta amainaba y las aguas empezaban a bajar, por lo que él y sus boy scouts esperaban ser evacuados en poco rato) sino también enviar al Cañón de los Frailes un par de vehículos de doble tracción y grandes logotipos de *Esto Sucedió* en toda superficie visible, con órdenes tajantes de llegar al lugar antes que nadie y rescatar a «sus» boy scouts sin permitir que intrusos le arrebataran la exclusiva. Y hasta obtuvo permiso para aterrizar en el helipuerto del Hospital Militar y, si los médicos lo permitían, entrevistar a los rescatados por el Escuadrón de Emergencias del Estado Mayor Presidencial (a cambio de prometer para fecha cercana un reportaje sobre las hazañas y sudores del Escuadrón).

Pero el *anchor person* y su cohorte debieron ceder turno al tráfico militar y revolotear largo rato sobre el Hospital, hasta obtener permiso de aterrizar. Tocaron tierra en medio de un atardecer que, después de la tormenta, amenazaba con volverse esplendoroso. Eran esperados no por uno sino por dos soldados con orden de conducirlos de inmediato —sin darles ocasión de merodear por ahí, filmando sin permiso— a una salita que olía a desinfectante de sanitarios, donde debían esperar al jefe médico de turno. Amadeo Mendoza advirtió que, con la demora, se le estaban secando el pelo, la cara y el chaleco salpicados de lluvia, y pasó a un bañito adyacente para humedecerse y estar listo para reiniciar la grabación. Volvió escurriéndose las manos y tuvo que detenerse en seco, para no tropezar con el jefe médico de turno.

El jefe médico de turno era un coronel alto, fornido e inescrutable, con el pelo tan recortado que casi parecía calvo y que, a pesar de la candorosa bata blanca, daba el tipo de director de campo de concentración. Hablaba con oraciones de no más de cuatro palabras:

—Adulto: en cuidados intensivos. Inconsciente, pero estable. Es shock, no infarto. Dos adolescentes: en observación. Costillas lesionadas por apretujones. Nada grave. Pueden entrevistarlos tres minutos.

Cuando terminó no chocó los tacones pero les dedicó una reverencia apenas perceptible, dio media vuelta por la derecha, «derech», y se marchó. Amadeo Mendoza y compañía quedaron al cuidado de un joven médico de semblante apacible quien, con ademanes amistosos, los condujo a una sala de recuperación. Limpios, recién peinados y envueltos en sábanas deslumbrantes, los morenitos Salim y Matías parecían casi rubios. Estaban adoloridos pero locuaces:

—¿Ya se comunicaron con sus familiares? —les preguntó Amadeo Mendoza, pensando en *close-ups* de rostros acongojados pero dichosos, con anchas sonrisas y lágrimas aún frescas en las mejillas. Y enseguida agregó, recordando el micrófono—: Puedo comunicarlos ahorita mismo, para avisarles que logramos rescatarlos con vida.

—Los militares nos rescataron, no ustedes —retrucó Matías—. Desde el helicóptero me dejaron hablar por radio con mi abuelo. Vendrá esta noche, cuando puedan salir del pueblo, pero ya me dio permiso para ingresar a los boy scouts. Voy a ser «lobato», que quiere decir cachorro de lobo, y Salim va a ser mi «guía», que quiere decir jefe.

—Uggg... —comentó Salim—. Ya le avisaron a mi mamá. Viene en camino...

—Se dice «gracias», boy scout explorador —terció amablemente el joven médico apacible, sin dejar de sonreír.

—Gracias, ugg —resopló Salim.

⚜

Cuando permanecía en su despacho después de las horas de oficina, lo cual era frecuente, Armando Sílber encendía el televisor para sentirse acompañado, pero quitaba el sonido, para no distraerse. Muchas personas que sólo lo conocían por fama y leyenda, lo imaginaban alto, ancho, imponente; pero en realidad era un cincuentón bajito, más pálido que blanco, de ojos brillantes y andar sigiloso. Cansado de lidiar con la calvicie, había optado por rasurarse la cabeza y cultivar, en cambio, un bigotillo cuadrado y del ancho de la nariz, como el de Hitler.

Excepto por una *laptop*, una libretita de tapas negras, un bolígrafo y un teléfono-intercomunicador, su imponente escritorio lucía siempre despejado. Sílber sólo tomaba su lugar ante el gran mueble cuando debía teclear algo, porque no permitía que las secretarias se metieran con aquella laptop, protegida con triple *password* y jamás conectada a ninguna red. El resto del tiempo el hombre prefería deambular en calcetines por el espacioso recinto (que él llamaba «estudio»). Rodeado de esos enormes muebles de caoba y macetones con filodendros que llegaban al techo, no parecía un empresario a menudo mencionado por la revista *Forbes*, sino un gnomo extraviado en el bosque. Sus asistentes habían calculado que aquellas caminatas del magnate tal vez sumaban diez kilómetros por día y contribuían a conservar la buena salud del hombrecillo.

Pero ni el propio Sílber sabía en qué pensaba mientras bailoteaba en calcetines. Por su mente pasaban difusamente no ideas sino imágenes: viejos árboles de caoba derribados para construir muebles enormes; encinos centenarios, azotados por una tormenta desmesurada; bosques de asfixiantes filodendros que palpitan en la verde penumbra, como plantas carnívoras; un chiquillo a punto de ser devorado por la tempestad mientras es izado a un helicóptero mediante un hilo de araña. Lo que sí sabían Armando Sílber y sus colaboradores era que de pronto, sin previo aviso, en aquel cerebro bajo el cráneo rasurado tomaba forma y color la solución para el problema que los había desvelado por días o semanas.

—Ya lo tengo —dijo Mauricio Hernández, cerrando con un codo la pesada puerta del estudio, porque traía entre ambas manos su propia laptop, con la tapa abierta y funcionando.

Hernández era el principal asesor financiero de Armando Sílber y único ser viviente autorizado a entrar sin anunciarse al santuario del magnate. A primera vista, la nariz de pompón y las huellas de risa alrededor de la boca daban al asesor un aire de alegre libertino, como de anunciador de circo. Sólo después se advertía que lo sonrosado de la nariz era señal de capilares rotos, que los ojos no sonreían y que las mejillas le colgaban semivacías, como si el hombre hubiera adelgazado repentinamente.

—Es una maniobra complicada, pero factible, y el hecho de ser complicada tiene la ventaja de volverla impenetrable —dijo Hernández mientras depositaba con ternura su laptop en el escritorio, junto a la de Sílber.

—Siempre supe que hallarías el modo. Por eso acepté la operación. Eres un genio —dijo Sílber con sinceridad, aunque sin mirar a la pantalla de la laptop que su asesor trataba de mostrarle.

—La idea central del esquema no es mía sino del cardenal —repuso Hernández—. Ese hombre sí es un genio para los manejos *offshore*.

—Bah, no es para tanto. Nadie investiga las inversiones offshore de la Iglesia —dijo Sílber. Pero seguía distraído.

—Son siete escalones —explicó Hernández, apuntando con un índice rechoncho a la gráfica desplegada en la pantalla de su laptop—. Mira nomás las escalas de este vuelo: el *Banc du Crédit Commerciale* de Brazzaville, République du Congo; la *Fundazione Ambrosiana*, de Roma, Italia; el Fondo para Investigaciones en Biogenética de los Sirvientes del Inmaculado Corazón de María, de Barcelona, España; *Children for Peace*, una organización no gubernamental de Toronto, Canadá...

—No podía faltar una «onga». Pero no quiero detalles, Mauricio. Además, no podría recordarlos —interrumpió Sílber vagamente, aún con la vista en el televisor silencioso—. Lo que ahora me preocupa es la guerra de los ecologistas y la orden de ese juez de Chetumal, que nos obliga a postergar la inauguración de Cayo Balam.

—No sé qué digan los abogados, pero la verdad es que no hemos dañado ni un milímetro de ese arrecife de coral. ¡Si es el mayor atractivo natural del desarrollo! Parece sólo cuestión de tiempo... —dijo Hernández en tono tranquilizador, mientras cerraba su laptop.

—Pues los abogados dicen lo que tú: que sólo es cuestión de tiempo, justo lo que no tengo —rezongó Sílber sin sentarse ante el escritorio sino en un borde del mueble, jugueteando con el control remoto del mudo televisor—. Mis inversionistas quieren que la inauguración, con todo y bendición del obispo y discurso del presidente, coincida con el *maiden voyage* del Caribbean Splendor, su nuevo crucero, el más grande y lujoso del mundo, dicen.

—Bueno, no creo que...

—No importa lo que tú y yo y Edelmiro, sentadote en su flamante súperhotel sin un solo huésped, creamos o dejemos de creer, sino lo que *ellos* crean, Mauricio: han metido mucho dinero en esos cayos, de ellos mismos y de otros inversionistas cuyos nombres prefiero no conocer, como para contentarse con excusas, Mauricio.

—Lo comprendo —se defendió Hernández—. Pero un mandato judicial no es excusa...

—Debimos preverlo. Hace meses debimos comprar a esos ecologistas y, digamos, neutralizar a ese juez. La culpa es mía, no tuya: no los tomé en serio. Me dijeron que atrás de esos ecologistas estaban los zapatistas de Chiapas, que viven del chantaje, y no quise subsidiar a esa banda de payasos encapuchados. Me equivoqué.

En ese momento parpadeó una luz roja en el teléfono-intercomunicador sobre el escritorio de Sílber. El empresario oprimió un botón.

—Don Armando —carraspeó un agente de seguridad—: el señor Edelmiro, por la línea dos.

—Pásamelo. ¿Bueno? Edelmiro, precisamente hablábamos de ti y tus lujosas vacaciones en Cayo Balam —pausa—. A ver, dime —pausa—. No; todavía no veo las noticias, pero dime —pausa, punteada con vistazos al televisor—. Hum... Qué interesante. Dime más. Hum... No suena mal. Voy a platicarlo aquí con Mauricio y enseguida te echo un *fonazo*.

Mientras colgaba el teléfono Sílber miraba su mudo televisor con tanta fijeza que Hernández, en vez de decir lo que tenía en la punta de la lengua: —«Si quieres, puedo hablar con el cardenal, a ver qué hacemos con ese juez»—, giró en la silla para ver qué atraía a tal grado la atención de su jefe. En la pantalla sin sonido se alternaban los planos cortos de Amadeo Mendoza, sucio, despeinado, mojado y vestido como para entrar en combate, con vertiginosas tomas del aluvión en el Cañón de los Frailes, captadas en el preciso instante del colapso del Salón del Reino, con Salim y Matías colgados de la nada, azotados por el viento.

Aun antes de subir el volumen del televisor, Armando Sílber soltó una pregunta sorpresiva:

—¿Cuándo empiezan las vacaciones de verano? De las escuelas, quiero decir.

Hernández boqueó dos veces antes de contestar:

—En julio, creo. Espera: ¿hoy qué día es? ¿Viernes? Creo que empiezan la semana entrante.

—Excelente. Veamos las noticias —dijo Sílber y subió el volumen.

⚜

Nadie sabía a ciencia cierta a qué país pertenecía Cayo Quimera, porque aquella faja de terreno de apenas veinte hectáreas y tortuoso perfil, que en la bajamar era península pero con la marea alta se transformaba en isla, estaba montada sobre la línea divisoria entre México y Belice, al frente mismo de la desembocadura del río fronterizo. Y a nadie le importaba, mientras los ocupantes pagaran sus impuestos.

En vista de lo cual y para evitarse fricciones burocráticas, el Instituto Superior del Mayab, que dependía de una universidad binacional, con sedes en Puerto Progreso, Yucatán, y Fort Lauderdale, Florida, había optado por inscribirse en los padrones de contribuyentes de México y de Belice, pagar impuestos en ambos países y gozar en paz del balsámico sol y las rumorosas noches del Caribe.

Precisamente eso hacía, cerca de la medianoche, en la semidesierta gran palapa de la cafetería, el profesor Wilson Preciado, director del PAS, Programa de Arqueología Subacuática del Instituto Mayab. Preciado era un hombrón taciturno a quien los estudiantes apodaban «Tiburón Azul», no sólo por el rosario de hazañas submarinas que el profesor cargaba como tatuajes, sino por la tez azulosa, la nariz afilada y el pelo no cano sino plateado que le cubría las sienes.

El profesor cenaba tardíamente un recalentado de moros y cristianos, frijoles negros con arroz blanco, un platillo cubano que él complementaba con rodajas de plátano macho fritas en manteca de puerco y aderezadas con gotas de ron oscuro y abundante pimienta de Cayena, según la tradicional receta de los indios del bajo Orinoco.

El profesor saludó apenas con un distraído movimiento de cabeza a unos laboratoristas vestidos de blanco que fueron a sentarse a una mesa desde la cual podían ver la televisión. Sendelia, la sola mesera que a esa hora servía en la cafetería, les llevó, sin preguntarles, lo único que quedaba para comer: unos sándwiches de tocino y huevo en pan resecado por el refrigerador.

Satisfecho de haber conseguido mejor vianda, el profesor Preciado se echó a la boca una gran cucharada de arroz, seguida de un generoso trago de cerveza *Medellín*, aquel brebaje denso y oscuro que unos parientes patrioteros le enviaban de su natal Colombia. Sólo por reflejo condicionado siguió con la vista el andar sinuoso de Sendelia y observó que la joven mulata empuñaba el control remoto de la televisión como si fuera un arma, apuntaba a la pantalla con determinación y disparaba dos breves pero rotundas ráfagas de rayos infrarrojos. Obviamente, los hombres de blanco le habían pedido que subiera el volumen.

¿Por qué será, se preguntó distraídamente el profesor, que las mulatas de cuerpo tentador, como Sendelia, tienen cara hostil; y las de cara bonita son flacas y de rodillas nudosas? Se llenó otra vez la boca y tragó sin prisa. Veía sin mirar la televisión y oía sin escuchar el parloteo del tipo de chaleco militar que, medio colgado de un helicóptero en pleno vuelo, casi se daba con el micrófono en los dientes cada vez que la nave era zamarreada por el viento. «Debe de ser la ley de las compensaciones», se dijo el profesor, pensando en los glúteos encomiables y el mohín chocante de Sendelia, que siempre parecía andar husmeando algo feo. El profesor Preciado meneó la cabeza con resignación filosófica y se llenó la boca de cerveza, hinchando los carrillos, como si fuera a hacer buches.

En la tele, el tipo del chaleco militar, ahora en un blanco hospital, interrogaba a un adolorido jovencito de nombre Salim.

⚜

Esa noche de viernes empezaba una temporada soporífera, pensó el profesor mientras tragaba la cerveza que le llenaba la boca. Los días anteriores, como siempre en vísperas de vacaciones, habían sido de ajetreo y excusas de todos, estudiantes y maestros por igual, tratando de completar lo incompleto y disimular lo pendiente, ansiosos de apretujarse sin más dilaciones en las camionetas con destino a Chetumal o Belize City, los aeropuertos más cercanos.

Durante el largo verano sólo permanecía en Cayo Quimera un mínimo de personal de servicio para cuidar y alimentar a un puñado de investigadores residentes y unos cuantos visitantes de universidades remotas, todos gente ensimismada, de pocas palabras y escaso apetito.

Para estas fechas el profesor Preciado acostumbraba asumir su personalidad de Tiburón Azul y, enfundado en bermudas y playera de un azul casi tan oscuro como su piel, concederse dos o tres semanas de retiro espiritual en algún rincón del ancho Caribe, que él conocía como si fuera su alberca, deambulando sin ansiedad de garito en garito y de prostíbulo en prostíbulo, hasta quemar todo lo ahorrado en el año, una suma abultada, porque Preciado era uno de los especialistas en exploración subacuática mejor cotizados de América y en un lugar como Cayo Quimera no había en qué malgastar.

⚜

Pero este año no habría vacaciones para el Tiburón Azul, porque a través del teléfono satelital la voz que se hacía llamar «Máximo» le había encomendado permanecer en Cayo Quimera con unos pocos auxiliares, a la espera de novedades.

Cuando imaginaba desafíos y acciones inminentes el profesor, para no distraerse, entrecerraba los ojos, espiando por las rendijas entre los párpados. En eso estaba cuando una mano de dedos flacos pero fuertes le oprimió el hombro izquierdo, para volverlo a la realidad:

—Las ensoñaciones son la herrumbre del hombre de acción —dijo el doctor Salim Khalil—. ¿Puedo acompañarlo?

El doctor Khalil, director del PIET (Programa de Investigación de Enfermedades Tropicales), era lo más parecido a un amigo que el profesor Preciado tenía en el Instituto Mayab y, como tal, de los pocos autorizados a interrumpir las cavilaciones del arqueólogo subacuático. En consecuencia, en vez de reunirse con sus subordinados, los laboratoristas de blancas túnicas ahora absortos en la televisión, el doctor se sentó a la mesa del profesor sin esperar permiso y, para señalar a Sendelia que quería un sándwich de cualquier cosa, alzó un largo índice percudido por los desinfectantes usados en el laboratorio.

Khalil era un hombre huesoso, de pómulos altos, barba renegrida y mirada ardiente. Vestía unos pantalones de manta a media pierna, como de *coolie*; y un blusón informe, también de manta que podía ser de maya de Guatemala o de camellero marroquí. Calzaba unas sandalias con gruesas agujetas amarradas a las pantorrillas. Era un atuendo poco común, pero en él no se veía raro.

—No son ensoñaciones ociosas —repuso Preciado, que rara vez tomaba las bromas a la ligera—. Por el contrario, antes de entrar en acción hay que prefigurar todos los escenarios, las sorpresas, las trampas; e imaginar qué haría uno en cada caso. ¿Eso es ensoñación? ¿O previsión? Cuando sobreviene un desastre, los únicos que se salvan son los que imaginaron cómo librarse en caso de que algo así llegara a suceder.

—O sea que el sencillo truco consiste en prever lo imprevisible. Así de fácil —bromeó el doctor Khalil.

—Sí —asintió Preciado con total seriedad. Se interrumpió porque llegó Sendelia con un sándwich que, con gesto devoto pero sin huevos, porque se habían acabado, depositó ante Khalil. La chica no se retiró de inmediato: permaneció un momento ante la mesa, restregándose las manos, con la nariz arrugada y los ojitos fijos en el doctor. Cuando al fin la mesera se marchó, Preciado siseó por lo bajo: —Por ejemplo, tenga cuidado con lo que le sirva esa chica, para evitar que le dé toloache. ¿Se fijó cómo lo mira?

—No, no me fijé —mintió Khalil mientras levantaba el sándwich con las puntas de los dedos de ambas manos, al estilo árabe, e hincaba el diente.

—Nomás cuídese. Usted es mexicano, ¿verdad? Entonces sabe lo que es el toloache.

—Sí. Es del género del estramonio; de la familia de las Solanáceas —masculló Khalil con la boca llena.

—No sé. Sólo sé que en México, Belice y Guatemala las mujeres usan un té de toloache para embrujar a los hombres. Enamorarlos o idiotizarlos, que es lo mismo.

El doctor sonrió y se encogió de hombros. Para cambiar de tema, preguntó: —¿Y sus fieles acólitos, Wilson? ¿Trabajando, incluso en vacaciones? ¿No los explota demasiado?

—Descansando. Tienen libre el fin de semana, para cazar mujeres, beber... La verdad es que no son hombres de ciencia sino buzos, tipos rudos, curtidos en rescates de naufragios y reparación de plataformas petroleras. Dicen que su organismo necesita alcohol para compensar el estrés de las constantes compresiones y descompresiones de su trabajo. ¿Será?

—No lo creo. Como médico y biólogo, me parece que no. Debe de ser que nomás son borrachines y mujeriegos. ¿Y cómo va su trabajo, el gran mapa de la Mesoamérica subterránea?

—Anoche cerramos el balance de este ciclo con 312 cenotes situados y explorados y 1,314 kilómetros de cuevas y túneles cartografiados. El mapa ya parece una red de capilares... un circuito electrónico muy intrincado... un laberinto de termitas... no sé con qué compararlo.

—La gran red de metro de los mayas —apuntó Khalil—. Por ahí viajaban, comerciaban, se comunicaban: ¿Todavía son navegables esos ríos subterráneos?

—En la mayor parte. Hay derrumbes y obstrucciones, pero nada insalvable. Justamente, espero en estos días a un antiguo socio de exploraciones subacuáticas, el famoso buceador Jean-Claude Melville, un discípulo de Jacques Cousteau, que andará por estos rumbos. Voy a darle un tour subterráneo que lo dejará mudo, bizco, estupefacto. Jean-Claude es como usted, de ascendencia árabe; nació en Argelia de padre francés y madre argelina.

El arqueólogo hizo una pausa con los ojos entrecerrados, como saboreando de antemano los deleites que le traería la visita del amigo. De inmediato, sin embargo, volvió a la tarea de averiguar más detalles de la vida de Khalil:

—Hablando de árabes —dijo, como al descuido—: hace un momento, en la tele, entrevistaron a un chico de nombre árabe, como el suyo, doctor. Qué coincidencia.

Pero no fue la coincidencia sino la palabra «tele» lo que de inmediato captó la atención del doctor Khalil: —¿Qué dijeron del brote de dengue hemorrágico en Chiapas? ¿Ya se extendió a Tabasco, a Yucatán, a Guatemala…?

Al profesor Preciado no le gustaba que le cambiaran el tema: —¿Dengue? No mencionaron el dengue.

Las fiebres hemorrágicas como el dengue obsesionaban a tal punto al doctor Khalil que, cuando se rozaba el tema, los ojos parecían brillarle más. Ahora se inclinó sobre la mesa para acercarse a la oreja del arqueólogo, como si fuera a murmurarle un secreto escabroso.

—Es que ya tengo listo el nuevo antígeno. Este domingo vendrá por nosotros —hizo un gesto vago para abarcar a los laboratoristas de la mesa cercana— el helicóptero del Instituto para llevarnos a un pueblecito llamado Nuevo San Juan, en el Alto Grijalva, para inmunizar a los pobladores, unos quinientos. Vamos a inocular con el antígeno a la mitad y, a los restantes, con agua destilada, para usarlos como grupo de control. Creo que ahora sí evitaremos las reacciones secundarias que tuvimos el año pasado.

—Usted no es un investigador sino un apóstol, doctor —dijo Preciado con sinceridad—. No dudo que tendrá éxito, porque lo merece. Cuando regrese usted del Alto Grijalva, le presentaré a Jean-Claude: podrán hablar en árabe, supongo. Lo cual me recuerda a ese chico que entrevistaron por televisión, el que lleva su nombre. No es un nombre común para un mexicano. Podría ser su pariente, o su hijo.

Khalil seguía pensando en ríos subterráneos y fiebres hemorrágicas: —Sí —contestó distraídamente—; tengo un hijo en México, pero no usa mi apellido. No puede ser él —dijo. Terminó de tragar su sándwich y se incorporó: Aún a esa hora debía regresar a su laboratorio, se excusó.

El doctor giró sobre sus raras sandalias y partió sin prisa, caminando con un leve bamboleo, como si cargara un par de pesadas cubetas. Preciado entrecerró los párpados para espiarlo. ¿Qué respondería él, Preciado, si Máximo le pidiera una opinión sobre Khalil? Por las dudas, el profesor empezó a componer mentalmente su respuesta: «Es un idealista de la especie extrema: obsesivo, monotemático y tan honrado que si viera a una de sus manos robar, con la otra se la cortaría, como manda el Corán. Puede callar y disimular, pero no mentir ni auto engañarse, como hacemos las personas normales. Es un hombre peligroso.»

De vuelta en el santuario de su laboratorio, a solas y en silencio, también Khalil se dispuso a redondear mentalmente su juicio sobre Preciado: «Es demasiado inteligente para engañarlo, demasiado egocéntrico para convencerlo. Sería inmanejable si no fuera adicto al juego. El jugador es incurable porque sólo pierde dinero, no la esperanza de ganar. No le importa el riesgo; sólo le importa ganar. Puedo contar con Wilson Preciado: bastará con permitirle creer que va a ganar.»

—Esos muchachos van a ser héroes nacionales por unos cuantos días —dijo Edelmiro Argüello. Su voz sonaba metálica en el altavoz del teléfono, que Armando Sílber había conectado para que también Mauricio Hernández pudiera oír e intervenir—. Es la magia de la televisión: nadie pondrá en duda la palabra de estos niños héroes. Y el cretino juez de Chetumal va a levantar en el acto la suspensión provisional que nos metió, con lo cual, de paso, va a salvar su pelona cabeza, perdón, Armando, porque aquí mis contactos me dicen que ya saben quiénes y cuánto le pagaron al eminente jurisconsulto para venadearnos. Si nos convertimos en los consentidos de Amadeo Mendoza y *Esto Sucedió*, podemos presentar testigos dispuestos a jurar ante las cámaras…

—Momentito, Edelmiro —interrumpió Mauricio Hernández—. ¿Esta línea es segura?

—Sí —lo tranquilizó Sílber—. *Scrambler* en ambos extremos.

—¿Cuánto van a costarnos esos testigos?

—Una bicoca. Cincuenta mil dólares por cabeza —respondió desde Cayo Balam la voz de Edelmiro Argüello, hecha añicos a un extremo de la línea e instantáneamente reconstituida al otro extremo—. Por supuesto, no hay videos del eminente jurisconsulto metiéndose fajos de billetes en las bolsas de la guayabera. Pero sí podemos revelar que su pequeña cuenta secreta en el *Fisherman's Bank* de Belize City engrosó repentinamente con cien mil dólares que el pobre diablo ni sabe que existen, porque el depósito lo hizo nuestro agente en la hermana republiqueta de aquí junto, en una sigilosa transacción que, si se destapara, bastaría para suspender al eminente jurisconsulto y someterlo a investigación, a ver si logra limpiarse la caca que le va a tapizar la alopecia... Perdón, Armando.

—Sí, sí —dijo Sílber—. Pero no queremos llegar a eso. No queremos escándalo. El cardenal, el presidente, los socios extranjeros...

—Por eso propongo echar mano de los niños héroes. Si premiamos a esos chicos con un curso especial de buceo en los maravillosos e intactos, vírgenes, impolutos arrecifes coralinos de Cayo Balam; y Amadeo Mendoza los exhibe al mundo buceando a todo color bajo la dirección del legendario Jean-Claude Melville, el discípulo dilecto de Jacques Cousteau...

—¿Ya tenemos a Melville? —preguntó Mauricio Hernández.

—Sí. Aquí anda, rascándose la entrepierna mientras espera a su primer contingente de gordas turistas a quienes poner en remojo —contestó Edelmiro.

—Parece una gran idea —sentenció Sílber—. Siempre dije que eres un genio de la publicidad y el *marketing*, cuñado. Mañana mismo...

Armando Sílber se interrumpió en seco cuando, después de un corte comercial, en la pantalla del televisor reapareció Amadeo Mendoza, ahora bien peinado, de saco, corbata, cara limpia y sonrisa dentífrica, en el acto de presentar ante las cámaras a un también acicalado primer guía scout Esteban Hernández, jefe de los jóvenes héroes.

—¿No es ése tu hijo, Mauricio? —preguntó Sílber, estupefacto—. ¿No sabías tú que él andaba en eso...?

—Sí, es Esteban —respondió Hernández, tan asombrado como su jefe—. Y no, no sabía que él andaba en eso... Mi hijo y yo no hablamos mucho.

Ante las cámaras, el circunspecto Esteban explicaba a Mendoza el significado del saludo scout: —Los dedos índice, medio y anular, puestos así, juntos, simbolizan los ideales de la Revolución Francesa: libertad, igualdad y fraternidad; y el pulgar y el meñique enlazados al frente, simbolizan nuestra unión, que es nuestra fuerza.

—Tu hijo es un muchacho extraordinario, Mauricio. Debes acercarte más a él. ¡Qué no daría yo porque mi muchacho, mi Octavio, se pareciera al tuyo, en vez de...!

—Dale tiempo. Los muchachos se enderezan solos.

—Habla con Esteban. Explícale nuestra idea y pídele que nos ayude. ¿O prefieres que yo hable con él? Al cabo, creo recordar que soy su padrino...

—Yo hablaré con él —dijo Mauricio Hernández—. Al cabo, creo recordar que soy su padre.

Padres e hijos

PADRE E HIJO NO HABLARON esa noche sino a la mañana siguiente, durante el desayuno, aprovechando que era sábado y ninguno tenía excusa para quemarse la lengua con el café y salir corriendo a la oficina o la escuela.

—Van a tener el instructor de buceo más caro del Caribe: Jean-Claude Melville, el mejor discípulo de Jacques Cousteau —dijo Mauricio mientras ponía mantequilla por segunda vez a su pan tostado.

—Sí, he leído sobre él —dijo Esteban, absorto en triturar galletitas saladas sobre su tazón de huevos tibios—. Fue discípulo de Jean-Michel, el hijo mayor de Cousteau, que el año pasado estrenó una nueva serie de televisión al estilo del *Mundo Silencioso*, aquella que hacía su padre. ¿No quieres mermelada? Es de naranjas amargas: está muy buena.

—No, mijo. Gracias. ¿Y? ¿Cómo lo ves?

Esteban alzó la vista de su tazón, como si no entendiera la pregunta, pero de inmediato optó por contestar:

—Es una invitación muy tentadora. Este Melville debe de ser cuarentón, de la edad de Fabien, el nieto del viejo Cousteau.

Fabien es hijo de Jean-Michel, creo, que debe andar cerca de los setenta... Este Fabien, el nieto, se especializa en tiburones. Tal vez Melville...

—¿Van a aceptar la invitación de Armando, tú y tus muchachos?

—No sé, papá... —«Lo que sí sé», pensó Esteban mientras se llevaba a la boca una cucharada de huevos tibios ya fríos, «es que no quiero saber nada con el transa de mi padrino Armando, porque sospecho que nos quiere usar para una de sus movidas chuecas.»

Mauricio Hernández creyó leer la mente de su hijo y decidió avanzar por la tangente, sin chocar: —Claro, debes consultar con tus compañeros. ¡Pero ningún muchacho en su sano juicio rechazaría unas vacaciones en el Caribe con todo pagado, en un hotel de ensueño, en un paraje prácticamente virgen...! Los boy scouts son fanáticos de la ecología, ¿verdad? Muéstrales las fotos y los videos de Cayo Balam, del arrecife de coral, el segundo mayor del mundo después del Great Barrier Reef de Australia, en el mar de Coral, ¿no? ¡No se lo pueden perder!

«Ahora», pensó Mauricio, «va a mencionar las protestas de los ecologistas».

—Justamente, papá —dijo Esteban—. Hemos visto las protestas de los ecologistas, que dicen que ustedes, bueno, el desarrollo de Cayo Balam pone en peligro los arrecifes. Incluso invitaron a las organizaciones de scouts a sumarnos a la protesta. ¿Las obras ya están suspendidas, verdad? ¿Por orden de un juez?

«Qué fácil los charlatanes atrapan a los jóvenes», pensó Mauricio Hernández. «Los románticos son la carne de cañón de los demagogos, porque creen todo lo que suene a... idealismo. Pero no debo menospreciar a Esteban. No debo tratarlo como a un chiquillo incauto, porque no lo es. Es inexperto, no tonto.»

—Sí, hombre —dijo Mauricio con el tono que se usa para hablar de inundaciones y sequías: con resignación ante lo inevitable—. Y debo decirte, esto es estrictamente confidencial: te lo cuento porque sé que eres un tipo responsable, que hasta nuestros ingenieros y arquitectos estaban preocupados, por el riesgo de dañar los arrecifes. Estos desarrollos sobre el mar siempre son de alto riesgo ecológico. Aunque el proyecto sea perfecto, a la hora de ponerlo sobre la tierra aparecen los contratistas que pretenden «cortar esquinas», como se dice en inglés...

—Buscar atajos —dijo Esteban, con genuino interés.

—Eso es. A costa de la calidad, de la seguridad, de la ecología... Y no sólo la deshonestidad de los contratistas: también la torpeza de la mano de obra. Mueven una grúa alta como un edificio de cinco pisos, una excavadora, una perforadora... ¿Viste esas máquinas monstruosas, como enormes rotomartillos, con los que entierran pilotes en el fondo del mar? Mueven esos mastodontes de acá para allá y ni miran qué se llevan por delante. Hoy en día, con la tecnología con que se cuenta, el noventa y nueve por ciento de los accidentes en las grandes construcciones no se deben a fallas mecánicas o de diseño sino a torpeza o deshonestidad. Ya cómete esos huevos, que deben de estar fríos.

—No importa, no tengo hambre —dijo Esteban y pensó: Nunca antes me había contado tanto sobre su trabajo. De veras quiere ganar mi confianza y, si sigue así, lo va a conseguir. Debe de ser muy gordo lo que se trae: por eso me llama «hombre» y «tipo». Apartó el tazón de huevos fríos y agregó:

—De veras me interesa mucho lo que me estás explicando. En vista de todo eso, ¿tomaron precauciones?

—Claro, hombre: todas las imaginables. Ya habíamos contratado un despacho de ingenieros de Miami para que auditaran constantemente a nuestros contratistas, con mucho mayor rigor que los inspectores del gobierno, que nomás van por la mordida. Pero cuando nos cayeron las «ongas» a extorsionarnos...

—¿Las qué?

—Las Organizaciones No Gubernamentales. Esa Coalición de Ecologistas del Mayab. Esto —agregó Mauricio Hernández en tono conspiratorio— es estrictamente confidencial: no tenemos pruebas documentales y, si lo decimos sin poder probarlo, nos demandarán no sólo por la supuesta destrucción de arrecifes sino por calumnias e injurias y quién sabe qué más. Empezaron pidiendo cinco millones de dólares que, según ellos, costaría traer de Europa a sus propios expertos, para auditar el desarrollo: la obra civil, las lesiones inferidas al arrecife, la repercusión en la flora y la fauna... lo que gustes y mandes. Tu padrino Armando los mandó a chingar a sus santas madres. Y contrató, ojo: esto tampoco se sabe. Nos lo guardamos como as en la manga para usarlo ante la justicia, sorpresivamente, a la más prestigiosa firma canadiense de auditoría ambiental, la *Dumas-McKay*, la misma que evaluó los daños provocados por aquel famoso derrame de más de diez millones de galones de petróleo de un súpertanquero de la *Exxon* en Alaska, el 24 de marzo de 1989, no pongas esa cara: sólo recuerdo la fecha exacta porque fue el día que me casé con tu madre. La *Dumas-MacKay* cobró un millón de dólares, no cinco. ¿Y sabes qué dijo?

—Que el arrecife está intacto —sonrió Esteban—. Tu café se enfrió: ¿te lo caliento?

—No, el doctor dice que le baje a la cafeína. —«Se ha dado cuenta del poder que en este momento tiene sobre mí. No me va a contestar ahora: primero me hará sudar», pensó Mauricio Hernández y, echándole una mirada al reloj, como si otra cosa le preocupara más que el tema sobre la mesa, agregó, descuidadamente: —Entonces, ¿les hago las reservaciones?

—No, papá —dijo Esteban con suave firmeza—. Voy a plantearles la invitación a los muchachos, tenemos junta al mediodía, pero lo veo difícil. Si el arrecife está intacto y tienen ustedes todas las de ganar ante la justicia, ¿cuál es la prisa? Tu empresa quiere usarnos como otro «as en la manga», como aval moral para presionar al juez. ¿Por qué? Nosotros no sabemos quién tiene razón: tal vez el consorcio de Cayo Balam, tal vez las «ongas». No debemos tomar partido en un pleito que todavía no se define, porque en realidad no sabemos dónde está la verdad.

Mauricio Hernández pensó que lo peor en su caso sería mostrarse débil, pero no pudo evitarlo: —Me lastimas, hijo —murmuró mirando la cafetera—. ¿No me crees? ¿No confías en mí?

—En ti sí confío, papá, pero no siempre te creo —dijo Esteban, buscando la mirada de su padre—. En mi padrino Armando no confío y nunca le creo.

Mauricio Hernández bajó la guardia y miró de lleno a su hijo: —Yo confío en Armando y le debo mucho —dijo con total sinceridad—. Me salvó la vida.

«Nunca terminará de agradecerle que le pagara la internación en aquella clínica de Mazatlán donde lo curaron del alcoholismo», pensó Esteban. «Pero debo ir con cuidado: estoy pisando terreno muy resbaloso.»

—Discúlpame, papá. No quise herirte. A lo mejor soy injusto con mi padrino, pero pienso que sólo quiso salvar tu cerebro, que le resulta tan útil para manejar sus finanzas. Pero no tengo derecho a meterme en eso: perdóname. ¿Te caliento el café?

—Sí, por favor: sólo una tacita.

⚜

En su auto, mientras conducía hacia la oficina, Mauricio Hernández pensó —palabra más, palabra menos— casi lo mismo que en ese momento pensaba Esteban, apretujado en el microbús que lo llevaba a su cita con los Jaguares: «No nos comunicamos. Solamente nos espiamos por la mirilla mientras forcejeamos con una llave chueca en una chapa herrumbrada. ¿Les pasará lo mismo a todos los hijos y todos los padres, que nomás sonríen para la foto...?»

Los fines de semana en que no salían al campo, los Jaguares se reunían en el gimnasio donde, entre emergencia y emergencia, entrenaban, descansaban y departían los rescatistas y paramédicos, a espaldas del hospital central de la Cruz Roja, junto al estacionamiento de las ambulancias. Aquel arreglo convenía al doctor Miranda porque no sólo le permitía mantener a sus chicos a salvo del ocio y aprendiendo cosas útiles, sino también vigilarlos discretamente, cada vez que podía escaparse de los baches de aburrimiento en que se sumía el hospital cuando terminaba una crisis y aún no estallaba la siguiente.

⚜

Cuando llegó Esteban, varios de los Jaguares ya estaban en el gimnasio, incrustados en el grupo de rescatistas que en ese momento recibían de un especialista entrenamiento en resucitación, con el uso de un nuevo robot que gemía, resollaba, se estremecía y sangraba con un realismo que fascinaba a los boy scouts. Caminando rígidamente, no por identificación con el robot sino por las vendas elásticas que le ceñían el tronco como un corsé, Salim se apartó del grupo para acercarse a Esteban.

—¿A qué hora te soltaron? ¿Seguro que estás bien? —preguntó Esteban.

—Perfecto. Sólo me duele cuando hago fuerza para obrar, porque ando estreñido —contestó Salim.

—Debes consumir más fibras naturales —recetó Esteban—. ¿Ya vieron al doctor? Tenemos que hablar. ¿Dónde está Miguel Ángel?

—Debe de andar con los mecánicos de las ambulancias. Le interesa más la salud de los motores que de los humanos. Mira: ahí viene.

Miguel Ángel no los saludó de mano porque traía las suyas sucias de grasa de motor; y rastros de la misma grasa bajo la nariz, huellas de su nuevo tic de atusarse el incipiente bigote:

—El doctor los está esperando —dijo el segundo guía—. Está en la sala de radio, porque le toca guardia.

—Veniste temprano —dijo Esteban.

—En Sonora se dice «viniste», no «veniste». «Veniste» dicen los chilangos —interpuso Salim para molestarlos, pero no le hicieron caso.

—Si, vine temprano para cortar el «desayuno familiar» con mi papá. Dice que ya estoy en edad de ir haciéndome cargo del taller, en vez de andar por ahí disfrazado de soldadito. Dice que por andar disfrazados un día los narcos o los talamontes nos van a confundir con verdaderos soldados y nos van a rafaguear —dijo Miguel Ángel.

—Yo también tuve «desayuno familiar» con mi papá —murmuró Esteban—. De eso tengo que hablarles. Y límpiate el labio: te ensuciaste con grasa.

A Salim, las conflictivas relaciones de otros muchachos con sus respectivos padres le provocaban raras sensaciones, algo morbosas. Él guardaba una imagen bastante nítida de su propio padre, pero no sabía con seguridad si aquella fotografía mental era un recuerdo de la vida real o mero reflejo de una vieja foto que su madre había olvidado en el fondo de un cajón. La imagen era la de un tipo enjuto, de altos pómulos, callado y tranquilo que —palabras de Salim— «un día salió por cigarros y nunca volvió».

—Pues sí, hombre: lo mejor es nacer huérfano —dijo Salim a nadie en particular, como pensando en voz alta. Los otros no le respondieron porque en ese momento el doctor Miranda entraba al gimnasio.

—Hay un rato de calma allá adelante —anunció el médico—. Podemos echarnos un café y ajustar planes para estas vacaciones.

⚜

Desde la pequeña cafetería adjunta al gimnasio podían vigilar a los lobatos, todavía hipnotizados por el instructor de resucitación y su espeluznante robot; y platicar sin ser interrumpidos.

Esteban procuró transmitir objetivamente la invitación de Armando Sílber, pero el gesto y la voz lo traicionaban cuando aludía a las presuntas motivaciones del empresario.

—Tu padrino te cae gordísimo —dijo Salim.

—Sí —aceptó Esteban—. Es un negociante sin escrúpulos.

—¿Tu padre trabaja con él desde hace muchos años, verdad? —preguntó Miguel Ángel.

—Sí. Es una larga historia. Por un lado, le debe mucho a Armando Sílber; por otro, mi papá ya está viejo para salir a buscar chamba.

—Todos los negociantes son iguales —contribuyó Salim—. Mi mamá y mis tías, que tienen tienda desde toda la vida, dicen que si en el comercio no aprendes a transar, te comen los piojos.

El doctor Miranda no opinaba. En un gesto que los muchachos le conocían, había unido las manos sobre la mesa, los dedos entrelazados; y mientras prensaba giraba los pulgares uno en torno del otro, primero en un sentido y luego en el contrario.

—Mi padrino sólo nos invita por su conveniencia —dijo Esteban—. Quiere que demos fe de la salud de su arrecife, ante las cámaras de televisión, en vivo y en directo… como pececitos de colores en su gran pecera de lujo. Eso es lo que me choca.

—Pues yo no le encuentro nada de malo —interrumpió Salim—. Mis tías me vieron anoche, cuando me entrevistó Amadeo Mendoza, y dicen que soy muy fotogénico.

—Sí —sonrió Miguel Ángel—: das el tipo para películas de horror. ¿Qué opina usted, doctor?

El doctor Miranda tuvo que emerger de las cavilaciones: —Si se arriesgan a invitarlos es porque no pasa nada malo con los arrecifes. Ellos, los empresarios, son los primeros interesados en preservar intacto lo que es el principal atractivo turístico de Cayo Balam. Por ese lado no veo problema: nadie les va a pedir que digan mentiras por televisión. Esos empresarios saben muy bien que los boy scouts no mienten.

—¿Y los lobatos? —interpuso Miguel Ángel—. Nos invitan sólo a los mayores. ¿Qué hacemos con los lobatos?

—Hay una invitación de la agrupación de Scouts de Morelos para un mini-jamboree en Tequesquitengo, junto al lago. Van a ser vacaciones acuáticas más modestas que las de ustedes, pero aquí cerca, al alcance de sus papás, que podrán ir a cada rato a echarles un ojito y ayudar a cuidarlos —dijo el doctor Miranda.

Esteban iba a hablar pero Salim se le adelantó: —Podemos ir con los ojos bien abiertos y, si vemos algo chueco, poner el grito en el cielo. Le saldría el tiro por la culata a tu padrino, Esteban.

En vez de contestar, Esteban y Miguel Ángel se volvieron hacia el doctor Miranda. El médico descruzó los dedos y se disponía a hablar cuando sonó el walkie-talkie que traía en la bolsa superior de su bata:

—Doctor Miranda —cascabeleó el trebejo—: un señor Menéndez pregunta por usted. ¿Doctor Miranda? Cambio.

—Aquí Miranda. Ahora voy —dijo el doctor ante el micrófono, al tiempo que apartaba su silla y se incorporaba—. La decisión es de ustedes, muchachos. Yo apoyo lo que decidan.

Los jóvenes lo siguieron con la vista mientras Germán Miranda se retiraba a paso vivo.

—Me parece que el doctor tiene sus dudas —murmuró Esteban.

—Le confieso, mi coronel, que tengo mis dudas. Los muchachos están muy entusiasmados y, por supuesto, yo no puedo impedir que acepten la invitación, pero, con todo... —empezó a decir el doctor Miranda después de escuchar al visitante; pero se detuvo cuando su interlocutor alzó unos centímetros la mano derecha. Para no ser interrumpidos, se habían encerrado en la pequeña oficina del médico, los codos apoyados en una mesita con tapa de Formica y con sendos vasos desechables llenos de café que ninguno probó.

Aunque vestía ropa deportiva y su actitud era la de un abuelo benigno, el «señor Menéndez» era en realidad el coronel Mario Menéndez, catedrático de geopolítica en la Escuela Superior de Guerra y director adjunto (no podía ser titular por estar en situación de retiro) de la nueva unidad de inteligencia de la Presidencia.

—Lo comprendo, Mayor. Por eso vine tan pronto como recibí la información. Parece ser la gran oportunidad de penetrar aquel lugar y examinarlo palmo a palmo, sin despertar sospecha. Pienso que ellos mismos, la gente de Sílber, van a invitar a las televisoras a filmar las actividades de los boy scouts, de modo que podremos mezclar por ahí a nuestros propios camarógrafos. ¿Cuál es su duda, mayor? —dijo calmosamente el coronel; y se quedó con la vista fija en Miranda, sin pestañear, porque también él había sido entrenado en técnicas de interrogatorio.

—Me pregunto si debemos arriesgar a estos chicos con... gente peligrosa —respondió el médico sin bajar la mirada—. La prueba de que esos sujetos son potencialmente peligrosos me la da el hecho de que usted los tenga bajo vigilancia. Con el debido respeto, mi coronel: ¿de qué otro modo podría usted saber lo que estas personas hablaron anoche por teléfono, *scrambled*, debo suponer: imposible de interceptar, si no tuviera agentes infiltrados ahí mismo, en sus propias oficinas?

—Buena observación, mayor, pero errónea deducción —sonrió Menéndez. Su sonrisa parecía la de un banquero pronto a negar un crédito. —Mi idea no es arriesgar a sus boy scouts sino a usted. Ya tengo personal en la zona, pero nadie de su calibre, mayor. Además, mientras sus muchachos estén allá, usted tendrá la excusa perfecta para llegar al establecimiento, me dicen que es el desarrollo turístico más lujoso de la Riviera Maya, y quedarse unos días, lo suficiente para inspeccionar dos o tres aspectos que nos intrigan... Nada arriesgado ni peligroso: sólo registrar y comunicarnos cualquier pista que su ojo entrenado pueda captar.

El coronel se quedó mirándolo fija pero tranquilamente, como preparado para escuchar una objeción y seguro de tener a mano una buena respuesta:

—Por supuesto, mi coronel, usted sabe que me retiré del servicio activo por unos malentendidos que tuve con, digamos, la burocracia de la Secretaría de la Defensa —dijo al fin Miranda.

—Por supuesto. Como usted sabe, yo también estoy en situación de retiro, por razones no muy diferentes, mayor.

E igual le pasa a su viejo amigo y colega, el doctor y capitán Alberto Gómez.

—¿Gómez? —se sorprendió el doctor Miranda— Hace años que no lo veo. ¿Dónde anda Gómez?

—Pues en Puerto Balam, el pueblecito de pescadores más cercano al cayo del señor Sílber, ayudándonos...

—Pensé que Gómez también estaba retirado.

—Lo está. Pero ya sabe usted lo que dicen de los servicios de inteligencia: que son como la mafia, en el sentido de que nadie se retira nunca totalmente, excepto con los pies por delante. Perduran las raíces. Ya ve: ayer, en una emergencia, usted no recurrió a Protección Civil, ni al escuadrón de rescate de la policía, ni siquiera a la Cruz Roja, sino a mí, porque sabe que nunca dejamos colgado de la brocha a uno de los nuestros.

El doctor Miranda tuvo que asentir, pero no habló.

—Estuve repasando su foja de servicio —siguió Menéndez—. Usted, el capitán Gómez y sus voluntarios de la Cruz Roja estuvieron brillantes con aquella «campaña de vacunación» hace unos años en Chiapas. Con prudencia y discreción, justamente las cualidades que ahora busco en usted, lograron lo que parecía imposible: filmar al hijo del presidente de Francia con nuestros dizque guerrilleros zapatistas, justo cuando el júnior les ofrecía aquellos rifles belgas que habían sido de la NATO durante la guerra fría. Los FN FAL. Me llené de envidia. Yo andaba en otro asunto, a mil kilómetros de Chiapas, pero me habría gustado estar con ustedes... Claro, el gobierno blandengue que teníamos en esos años echó tierra sobre el asunto, pero tengo entendido que en Francia no le fue muy bien al tal... ¿Cómo se llamaba?

El doctor Miranda pensó que su coronel Menéndez sabía

manejar las tentaciones con destreza de vendedor de tiempo compartido. Entre los planes del médico no figuraba regresar al servicio activo; pero era halagador que aun en atmósferas tan enrarecidas por la altura como la del Estado Mayor Presidencial, alguien recordara, en vez de sus encontronazos con las jerarquías, las modestas hazañas de un oscuro mayor médico militar. La operación en Chiapas era precisamente una de las anécdotas que el doctor esperaba contarles un día a sus nietos, cuando los tuviera. Leyéndole la mente, el coronel lo empujó un milímetro más en la pendiente de las reminiscencias.

—¿Cómo se llamaba aquel júnior? ¿Todavía está preso?

—Se llamaba Jean-Christophe Mitterrand y, a la muerte del presidente, este hijo consentido ya era un cuarentón, viejo para júnior. Pero aún le daban el apodo de *Papamedit*, «manda decir mi papá», que se había ganado años atrás, cuando su padre lo enviaba a cerrar negocios sucios en las antiguas colonias francesas de África... —Miranda comprendió que se le había desatado la lengua y trató de contenerse: —Bueno, no quiero aburrirlo con los detalles. El caso es que el *Deuxième Bureau* ya tenía un grueso *dossier* sobre el *Papamedit* y, con las evidencias que nosotros agregamos, lo enjuiciaron; pero en el primer mundo no es pecado grave contrabandear armas para que los subdesarrollados nos matemos entre nosotros, de modo que Jean-Christophe salió libre en unos meses.

—Como dicen los franceses: *merde* —murmuró el coronel—. ¿Cómo hicieron para filmarlo sin ser descubiertos?

—Esperábamos que el encuentro fuera en ese campamento que llamaban «La Realidad», que los zapatistas sólo usaban como escenografía para eventos especiales. De modo que varios días antes, cuando por ahí no había nadie, ni centinelas, escondimos varias videocámaras de control remoto en las copas de los árboles, entre el follaje... Nada complicado, nada peligroso. Por suerte funcionó: pura suerte.

—Eso es justamente lo que ahora necesito, Germán. ¿Puedo llamarlo Germán? Oficiales con suerte —dijo el coronel, parafraseando a Napoleón, tal vez intencionalmente, tal vez sin darse cuenta, pensó el doctor—. ¿Cuento con usted?

—Creo que sí, mi coronel. Parece que yo tampoco me salí nunca definitivamente.

—Bienvenido, mayor.

Parpadeando sólo una vez, el coronel depuso instantáneamente el aire de abuelo bonachón. Aunque vestía una camisa de manga corta, dio la sensación remangarse para poner manos a la obra. Extrajo del bolsillo un bolígrafo de varios colores, como los que suelen usar los militares para distinguir —al dibujar esquemas tácticos— al enemigo, en rojo, de las fuerzas propias, en azul. Pero sobre la mesa no había papel, de modo que se dispuso a dibujar en el aire:

—Le explicaré la situación en pocas palabras. Hace muchos meses que vigilamos paso a paso las maniobras de Armando Sílber y su organización. Ahora podemos decir que sabemos todo al respecto, menos lo principal. ¿Me explico?

—Lo principal, imagino —dijo Miranda—, es averiguar quién está detrás de Sílber. He leído que Cayo Balam cuesta tanto como el nuevo aeropuerto internacional que se construye en la Riviera Maya. Yo creía que Sílber estaba quebrado después del colapso de su aventura en Colombia hace dos años: aquel desastre del oleoducto. ¿Quién financia Cayo Balam y a cambio de qué?

—Exactamente —dijo el coronel—. Vamos a los detalles. Cuando el «señor Menéndez» por fin se marchó a su club de golf, los boy scouts ya se habían ido, dejando solamente un recado para el doctor: «Aceptamos».

Encuentros fortuitos

LA TARDE DEL SÁBADO, tan pronto como Mauricio Hernández informó que los boy scouts aceptaban la invitación, el Equipo de Reacción Inmediata (ERI, como llamaban intramuros al departamento de relaciones públicas del Grupo Sílber) se movilizó tan aceitadamente que todo estuvo pronto para reunir al mediodía del domingo a los representantes de prensa, radio y televisión en los jardines de la residencia de Armando Sílber y anunciarles que el consorcio invitaba a estos maravillosos muchachos a unas vacaciones de ensueño en el prodigioso desarrollo de Cayo Balam, a bucear en el rutilante Caribe bajo la dirección de Jean-Claude Melville, el legendario explorador de los abismos marinos, bla, bla, bla.

Muchos reporteros asistieron, en especial los de radio y televisión, porque los domingos suelen escasear noticias para rellenar el tiempo entre los comerciales; y porque muchos sabían que el mes anterior la revista *Town & Country* había dedicado varias páginas al palacete de Sílber, «un prodigio arquitectónico hasta hoy vedado a la prensa aborigen», según había gemido esa misma mañana un periódico local.

Uno que sí conocía la mansión era Amadeo Mendoza, de los pocos admitidos para entrevistar al magnate un año atrás, cuando convalecía de las heridas de bala que había sufrido en un encontronazo con guerrilleros en Colombia. Ahora, entre los reporteros que se arremolinaban a la sombra del pabellón ricamente entoldado que el ERI había plantado al centro de los primorosos jardines, el *anchor person* era de los privilegiados que se divertían contemplando el desconcierto de sus colegas.

—¿Y la mansión, Amadeo? ¿Dónde está la pinche mansión? —preguntó entre dientes uno de los camarógrafos que acompañaban al *anchor person*.

—Delante de tus narices, en esa colina redondita cubierta de agapantos. Pero nunca podrás verla porque no está en lo alto de la colina sino adentro: es subterránea.

La «pinche mansión» era fruto de un impromptu de la esposa de Sílber: en una de esas satinadas revistas que obsequian en los aviones la señora había hallado referencias a un joven arquitecto catalán que se creía reencarnación de Antonio Gaudí; y ahí mismo, a quince mil pies de altitud sobre el Atlántico, había logrado comunicación satelital con el artista, para contratarlo de inmediato. El resultado era un laberíntico palacete incrustado en la colina y del cual sólo sobresalía una constelación de anchos domos de acrílico, los techos transparentes, cuyo bajo perfil quedaba oculto por el bosquecillo de agapantos blancos, morados, azules.

Amadeo Mendoza no solía acudir a conferencias de prensa, pero esta vez se trataba de «sus» héroes y, tan pronto como Sílber, su cortejo y sus invitados de honor ocuparon el podio, el *anchor person* brincó a reunírseles, prodigar abrazos, palmadas en las espaldas y sonrisas para las cámaras. Hasta Sílber y su esposa, una cuarentona torneada y bronceada en spas internacionales, sonreían laboriosamente, mientras Esteban y Miguel Ángel no hallaban dónde poner las manos. Estrujados por Amadeo Mendoza, encandilados por los reflectores de los camarógrafos y apabullados por los rabiosos aplausos de tantos adultos, los chicos se sentían como cachorros desnudos. Lo más desesperante era que ni Salim ni el doctor Miranda aparecían en escena; hasta que los vieron emerger tras un macizo de sicómoros, casi trotando por un ancho sendero de arcilla roja, color cancha de tenis. El primero en reaccionar fue Esteban:

—¿Matías? ¿Para qué traen al escuincle?

La explicación la dio un minuto después Salim, con el resuello aún entrecortado pero muy orondo ante el micrófono: —Señoras y señores, éste es Matías, el responsable del relajo. Insiste en venir con nosotros y aprender a bucear, y yo creo que tiene derecho porque, sin él, no estaríamos aquí. Pero me tomó horas convencer a nuestro asesor, el doctor Miranda, aquí presente, y al abuelo de Matías, que no quiso venir. Ustedes perdonen la demora, pero ¡aquí estamos!

Tuvo éxito redondo. Todos rieron y palmotearon y la señora Sílber cargó en brazos a Matías, que no atinó a zafarse a tiempo. Privados de visiones de la prodigiosa *maison* Sílber, los telenoticiarios no escatimaron esa noche las imágenes de Matías con huellas de lápiz labial en las mejillas, atrapado sin salida entre los brazos de la señora Sílber.

La señora Sílber tenía un rostro redondo de facciones delicadas pero planas, como dibujadas en dos dimensiones, por lo que Matías, mientras corría al baño a restregarse los cachetes pintarrajeados, la bautizó mentalmente como «Cara de Plato». Para alivio del chiquillo, tan pronto como los camarógrafos apagaron sus luces y depusieron sus cámaras, la señora se retiró tras la cortina de agapantos y, por la ancha escalinata de roca volcánica cuya boca se abría entre los arbustos, regresó a las profundidades, a esperar al marido.

Cuando se libró de los visitantes, Sílber también bajó y la encontró en la estancia principal, envuelta en la luz de pecera que se filtraba por los domos de acrílico, arrellanada en un gran sofá que parecía hecho de copos de algodón crudo.

—Gracias —dijo Sílber mientras se libraba de los mocasines, para caminar en calcetines por el grueso tapete blanco que cubría casi totalmente el piso de piedra—. Eres encantadora, cuando quieres.

—Por supuesto, querido; siempre dispuesta para complacerte. Sólo dime, ¿dónde está nuestro pequeño Octavio? De Miami le mandé un mail avisándole de mi llegada, pero no estaba anoche en el aeropuerto. El chofer me dijo que, al parecer, andaba en algún antro con sus amiguitos... Querido Armando, no te ocupas de ese niño: cuando viaje tendré que llevármelo, porque tú lo descuidas, justo cuando el muchachito más necesita la guía de un padre...

—No temas, no temas. Todavía no lo he estrangulado. Por el contrario: lo estoy enviando a Cayo Balam con los boy scouts, a ver si se le pega alguna buena costumbre.

—No hables así, querido Armando: suenas tan... desnaturalizado, como si no amaras a nuestro muchachito. No entiendo por qué lo obligas a confraternizar con chicos que no son de su clase; pero, en fin, tú eres el padre.

—No le hará daño convivir unos días con muchachos que no beben, no fuman ni se drogan. A ti tampoco te vendría mal… aprender a bucear.

—¿Yo? ¿En aquel hotel vacío que resuena como un hangar abandonado? Me moriría de tedio. Además, me esperan en Madrid esta semana. Por supuesto, ¿ordenaste el depósito en mi cuenta en España, querido Armando?

—Te pedí unos días. Tienes que esperarme unos días: tengo problemas.

—Ay, querido: verdaderos problemas son los que vas a tener si mi remesa no queda depositada en firme antes del miércoles. Yo volaré a Madrid el martes por la noche y lo primero que haré el miércoles será ir al banco.

—Mujer, por amor de Dios, es un momento crítico. Estoy jugándolo todo y buena parte de lo que arriesgo es tuyo o será tuyo algún día. Tienes que respaldarme, cerrar filas… El panorama se va a despejar en pocos días y Cayo Balam será inaugurado por el presidente, con bombos y platillos. Ese día tienes que estar conmigo, luciendo radiante, dulce y hermosa como tú sabes…

—Así será, querido Armando. Siempre que mis remesas lleguen puntualmente.

Al día siguiente, escoltados por sus familiares y por el doctor Miranda (que vestía bata blanca porque se había escurrido de su guardia en el hospital), los muchachos se presentaron puntualmente en el hangar del Grupo Sílber, para volar a Chetumal, cuyo aeropuerto era el más cercano a Cayo Balam.

Mauricio Hernández debía de tener alguna cita importante, porque llegó de traje gris Oxford, el uniforme de los altos ejecutivos, y ojeando subrepticiamente el reloj. Los padres de Miguel Ángel eran una afable pareja de cincuentones: ella, sonriente, chapeteada y con las manos escondidas en las mangas de un precioso saco tejido en casa, parecía salida de un comercial de sopas condensadas; y a él, aun endomingado, bastaba verlo para catalogarlo exactamente como lo que era, un veterano mecánico con manos como tornillos de mesa y oído de afinador de pianos para detectar la menor vacilación en el ronroneo de un motor.

A todos les dio gusto conocer al abuelo de Matías: de camisa vaquera y overol tan nuevos que todavía crujían, Serapio Rosales no parecía un Testigo de Jehová sino un menonita vendedor de quesos. Y él departía con todos muy urbanamente, aunque parecía enfocarse especialmente en la madre de Salim, Amalia Ojeda, una frágil rubia que, a juzgar por la edad del hijo, debía de tener entre 35 y 40 años pero aún lucía como veinteañera.

—Sospecho que mi abuelo quiere ligar con tu mamá —susurró Matías al oído de Salim—. Si se casaran, ¿qué sería ella de mí?

—Tu abuelastra —retrucó Salim con igual sigilo.

Enseguida tuvieron que despedirse porque debían abordar el avión. Desde el inicio de la operación Cayo Balam y para poner los símbolos a tono, la nariz del *Learjet* del Grupo

Sílber había sido decorada en rojo, blanco y negro, con la imagen de unas abiertas fauces de jaguar, lo que le daba un cierto parecido con los «Tigres Voladores», un escuadrón de venerables *Curtiss P-40* que al amanecer de la Segunda Guerra Mundial combatieron contra los japoneses que invadían China. Pero los trabajadores del aeropuerto no apreciaban la reminiscencia heroica y sólo se referían a la aeronave como «el avión del tiburón».

Al pie de la escalerilla del *Learjet* el doctor Miranda estrechó formalmente la mano de cada uno de los viajeros y les prometió visitarlos en breve: —No olviden saludar en Puerto Balam a mi amigo el doctor Alberto Gómez. Pueden recurrir a él en cualquier momento; aunque en ese pueblo no hay teléfonos, él tiene un radio para comunicarse conmigo, si es necesario.

A último momento llegó el último pasajero: un muchacho flaco y nervudo, de pelambre rala y ojos enrojecidos. Él no arrastraba su equipaje, una especie de mochila sobredimensionada: se la traía un tipo corpulento, enfundado en un uniforme de chofer que parecía quedarle chico. El jovencito no saludó a nadie ni se sumó al grupo de los que se enfilaban para abordar, sino que se plantó ante la escalerilla y con un ademán ordenó al chofer que subiera con la gran maleta. Pero el chofer fingió no entender. Depositó la mochila en el suelo y se cruzó de brazos, de modo que el muchacho tuvo que cargarla él mismo, a tropezones por la escalerilla.

Tras el muchacho de los ojos rojos subieron los restantes pasajeros y, guiados por un sobrecargo uniformado, tomaron sus lugares. La escalerilla fue retirada, se cerraron las puertas y escotillas, las turbinas comenzaron a zumbar como enjambre de abejas y la nave empezó a desplazarse lentamente, rumbo a la cabecera de la pista. Sólo el sobrecargo y el chico de la gran mochila seguían de pie:

—Bienvenidos a bordo —dijo el de los ojos rojos—. Yo soy Octavio Sílber, el heredero de todo esto. Veré que la pasen bien en mi hotel, siempre que sigan mis instrucciones al pie de la letra. De lo contrario, los mando de vuelta. Para empezar, les diré…

No pudo seguir porque el sobrecargo lo tomó de un brazo:

—Por favor, joven Octavio, debe sentarse y abrocharse el cinturón: vamos a despegar. Coloque su mochila bajo el asiento, por favor.

Durante el vuelo, a ratos enfurruñado y a ratos adormecido, el hijo de Armando Sílber no volvió a hablar, y los otros apretujándose ante las ventanillas para tratar de ver algo del cielo o del suelo, dejaron de prestarle atención. Sólo volvieron a reparar en él tras el aterrizaje en Chetumal, cuando el muchacho trató de descargar su mochila en manos del chofer de enorme sonrisa que los esperaba al pie de la escalerilla.

—¡Bienvenidos! Mi nombre es Remigio Carpio, pero todos me llaman Bemba, por mi bocota. Jovencitos, cada quien carga su equipaje y lo acomoda en la camioneta: hay lugar de sobra. Yo sólo cargo las maletas cuando llegan damas.

El chofer era un mulato ancho y sólido, de cuello corto, cabeza esférica y cabello cortado como cepillo. No vestía como chofer sino como infante de marina en vacaciones, de shorts y camiseta verde olivo, cachucha roja de beisbolista y botines militares en vez de tenis. Para llegar a la camioneta, explicó con deleite, había que caminar un trecho por unos pasadizos bordeados con redes de plástico color naranja, caracoleando entre maquinaria pesada y cerros de materiales de construcción, porque el aeropuerto estaba en obras, como casi siempre. En una de esas revueltas toparon con el doctor Khalil y sus acólitos, siempre de blanco, flacos y ceñudos.

El Bemba saludó efusivamente a Khalil y el doctor, a diferencia de los laboratoristas, pareció gustoso de tropezar con el sonriente mulato:

—¡Bemba! ¡Justo andaba yo pensando en ti! Fíjate que otra vez vamos a Chiapas, a vacunar a los de un pueblecito, como el año pasado, cuando nos ayudaste... ¿No quieres acompañarnos? ¡Tú eres tan bueno para ganarte a esa gente desconfiada...!

—De mil amores iría, mi doctor, pero no puedo: tenemos visitas. Vea usted, estos jóvenes...

—Ni modo. Bueno, vamos a esperar el helicóptero del Instituto. ¡Nos vemos!

—Nos vemos, mi doctor... Cuídese mucho.

Ambos grupos siguieron sus caminos y, mientras llegaban a la camioneta estacionada a la salida del laberinto, el Bemba explicó que el personaje con quien acababan de cruzarse era nada menos que el doctor Khalil, «un eminente científico y un santo de hombre, empeñado en crear una vacuna contra el dengue hemorrágico...»

La camioneta era una reluciente Land Rover con el logotipo de Grupo Sílber estampado en las portezuelas. Pero la buena carretera pavimentada no les duró más que unos pocos kilómetros: enseguida se internaron por una brecha abrupta abierta a machete en la selva. «Lástima de Land Rover, traqueteando por esta brecha...», pensó Miguel Ángel, y el Bemba pareció leerle la mente porque, entre tumbo y barquinazo, explicó que los de Puerto Balam, el pueblecito de pescadores más cercano a Cayo Balam, no querían arreglar el camino porque preferían mantenerse aislados, ya que eran contrabandistas y piratas...

Lo que sonaba a leyenda, pensaron los visitantes, por lo cual se inclinaron a coincidir con el ardido Octavio, quien desde su rincón murmuró: —No mames.

Pero el Bemba no se dejó desviar del tema. Lo que también sucedía, explicó a continuación, era que a los desarrolladores de Cayo Balam no les interesaba el turismo barato que podía llegarles por tierra, sino los turistas de alto nivel que llegarían en sus propios yates a la gran marina que se estaba construyendo, y el turismo «de medio pelo pero gastalón» que llegaría en los cruceros que recorren el Caribe de puerto en puerto (lo cual, pensaron los muchachos, sonaba más probable): —Eso ha dicho su papá, ¿verdad, joven Octavio?

—Mira, Bemba tú... —empezó Octavio, pero Miguel Ángel se le cruzó, para evitar chispazos: —O sea, nada de *jet set* ni de *camión set* sino puro *yacht set.*

—Buena puntada —concedió el Bemba—. ¿Así que ustedes salvaron al niño del aluvión? Los vi en la tele...

—No era un niño. Era yo —dijo Matías, pero los mayores no le prestaron atención.

—Vaya —siguió el Bemba—: ahora, bañaditos, parecen más jóvenes. En la tele se veían mayores. Pero —agregó en tono de amable burla—, qué bueno que hayan venido: si nos cae un huracán, ustedes nos salvarán...

Al vuelo, Salim se montó en el mismo tono burlón: —Ni crea —dijo—. Nosotros sólo salvamos niños, porque adultos como usted son más… «pesados».

El Bemba rio de buena gana: —¡Pues yo seré el primero en hundirme, porque dicen que por lo «pesado» parezco chilango! Pero no me hagan caso: nomás hablo de puro bocón, pero en buena onda. Además, Don Armando dijo que hay que tratarlos como a príncipes y por estos rumbos la voz de Don Armando no llega por teléfono, sino que baja del cielo… ¡ja, ja!

⚜

Quinientos metros antes de alcanzar el mar, la brecha se transformaba en una calle perfectamente pavimentada, de dos anchos carriles divididos por un camellón poblado de buganvillas y árboles de los llamados dólar por sus hojas redondas y plateadas. A la izquierda de la calle se extendía, hasta donde alcanzaba la vista, el campo de golf: y a la derecha una fila de palapas y bungalós tan nuevos, bien hechecitos y deshabitados que parecían escenografía. Las únicas cabañas ya en uso eran una con un vistoso letrero bilingüe que decía Policía-Police y otra adornada con una cruz roja y un letrero que rezaba Consultorio-Farmacia-Doctor on Call.

—Ahí pondrán tiendas y restaurantes para los turistas, cuando haya turistas —explicó el Bemba.

—Las banquetas son de tablones coloniales, como en mi pueblo —dijo Matías, pero enmudeció cuando, al fin de la calle, vio el mar.

La calle desembocaba en el nuevo puente sobre la laguna. Cayo Balam no era exactamente una isla, pero la faja de arena pedregosa que lo unía a tierra firme quedaba cubierta por las aguas buena parte del día. Aquella lonja rocosa servía ahora de sólido enclave para las columnas que sostenían el puente.

El puente describía un ancho semicírculo de casi dos kilómetros entre la costa y la isla, y el Bemba lo recorrió lentamente, para dar tiempo a los muchachos de absorber la enormidad del paisaje. A Matías, que nunca había visto nada parecido, le costó trabajo cerrar la boca para poder hablar:

—¿Esto es el mar? ¿Es verdad que no se puede ver la otra orilla?

El Bemba estacionó la camioneta junto a unos *jeeps* de toldos multicolores, a la sombra de un bosquecillo de jóvenes araucarias:

—Estas araucarias no son del Caribe sino de la Nueva Caledonia, una colonia francesa en el Pacífico. En unos años alcanzarán cincuenta metros de altura, con raíces hundidas a cincuenta metros de profundidad, a prueba de huracanes. Y dan un fruto que se puede comer, como almendras. Recojan su equipaje y síganme: les mostraré sus cuartos. Después bajen al *lobby*, porque don Edelmiro, el gerente, quiere darles el *tour* de bienvenida, presentarles a su hija Roxana, que es de la edad de ustedes, y ofrecerles lunch, bah, una taquiza, en la palapa grande, en la playa de la laguna.

—¿Está la Cindy, la pelirroja? —demandó Octavio.

—Sí, llegó ayer —repuso el Bemba—; está con la niña Roxana.

—Pues desde ya les advierto que nadie trate de meterse con la Cindy: la tengo apartada —advirtió Octavio a los boy scouts, pero, como nadie le replicó, se alejó del grupo, arrastrando su mochilota.

—No le hagan caso —dijo el Bemba, con un gesto apaciguador, mientras todos se metían en un elevador reluciente—: ya cumplió dieciséis, creo, pero todavía no sale de la edad del pavo, de la baba, como dicen en Yucatán. En cambio las niñas son muy lindas.

Lindas y deslumbrantes, pensaron los boy scouts cuando, tras dejar «la impedimenta» en sus cuartos, bajaron al *lobby* a reunirse con Edelmiro Argüello y las jovencitas. Roxana era una morena clara, esbelta y vibrante, como potra *pur sang*. Cindy era rubia, ojiazul y redondeada, como un durazno. Y en torno revoloteaba Octavio, que se les había adelantado y zumbaba como abejorro.

Los muchachos ya sabían —se los había explicado el día anterior un discreto *coach* del ERI el Equipo de Reacción Inmediata del Grupo Sílber— que Argüello era cuñado, brazo derecho de Armando Sílber y *field marshal* del desarrollo de Cayo Balam. Ahora se sorprendieron al encontrarse, en vez del tajante hombre de negocios que esperaban, con un cincuentón alto, delgado, afable e incluso jovial; descalzo, vestido de mezclilla deshilachada, con coleta amarrada sobre la nuca con una liga y camisa entreabierta para ventilar el vello canoso que le cubría el pecho, al estilo de los *hippies* sobrevivientes de los años sesenta.

A lo largo del *tour* Argüello describía los prodigios y expectativas de Cayo Balam —lo ya existente, lo que estaba en construcción y lo apenas proyectado— con tal entusiasmo que las anchas playas, los bamboleantes bosquecillos de palmeras, las fuentes danzantes, los salones y restaurantes de cristal, las deslizadillas de agua para lanzarse a la laguna o al mar desde los balcones de las suites de gran lujo, las enormes bolas de colores para rodar por la playa y aun los columpios inflables y las regaderas de cascada, en sus palabras se volvían más anchas, más bamboleantes, más danzarinas, más cristalinas, más vertiginosas, más redondas, más voladoras y más torrenciales. El tour resultó tan intenso que los muchachos acabaron muertos de hambre y se arrojaron como náufragos sobre la humeante taquiza que los aguardaba.

La crisis sólo estalló más tarde, cuando, ya liberados por el anfitrión Argüello, todos desoyeron el tradicional consejo de no meterse al agua enseguida de comer y se lanzaron a chapotear como cachorros en la laguna, de agua aun más transparente que la del mar ya que por ahí desembocaba un gran río subterráneo de agua dulce, fría y límpida, como recién lavada.

Cindy y Roxana se alejaron nadando y los *boy scouts*, puro ojos, se mantuvieron a respetuosa distancia; pero Octavio las persiguió de cerca, nadando a manotazos y patadas: —¡Me voy a ahogar, glu, glu, glu! —rechinaba— ¡Me voy a acalambrar, por meterme al agua enseguida de comer...!

—Mira como nada el renacuajo —rezongó Miguel Ángel entre dientes.

Chirriando, ladrando y mordiendo, Octavio acometió en torno, por arriba y por debajo de las chicas, como jugando; pero a ellas no les hacía gracia:

—¡Quítate, idiota! ¡No me toques! —chilló Cindy.

Roxana no chilló, sino que lanzó un brutal rodillazo a la entrepierna de Octavio, pero el muchacho logró esquivarlo, se revolvió como tiburón, atacó a Cindy por la espalda y le arrancó el *brassiere*. La muchacha se puso rígida pero no gritó: en cambio giró sobre sí misma como *ballerina* y, aprovechando el ímpetu del giro, descargó en la boca de Octavio un golpe seco y rotundo, no con el puño sino con el «talón» de la mano, como enseñaba el entrenador de defensa personal del encopetado colegio donde Cindy y Roxana eran condiscípulas. Octavio no chilló pero trató de apartarse pataleando frenéticamente, ya que no podía usar las manos, ocupadas como las tenía, una para revolear en lo alto el brassiere de Cindy y la otra para enjugarse la sangre que le manaba de la nariz y de una rajadura en el labio superior.

Desde la orilla Miguel Ángel había contemplado la escena con la misma furiosa mirada que dedicaba a los motores que, a pesar de haber sido reparados y afinados, se empecinaban en no funcionar. Aun antes del desenlace previó lo que iba a pasar y se introdujo en la laguna, al rescate. Impulsado por la furia Miguel Ángel surcaba el agua como un torpedo, pero Matías, nadando como anguila, era aún más veloz, llegó antes, tomó a Octavio por sorpresa y le arrancó el pantalón de baño.

Resollando y escupiendo sangre, Octavio trató de lanzarse tras el chiquillo, pero no era mucho lo que podía nadar con una mano ocupada en revolear el brassiere de Cindy y la otra en sostenerse la nariz. Además, en ese instante llegó el torpedo: con una de sus duras manos de mecánico Miguel Ángel atrapó a Octavio por el pelo, lo arrastró a la orilla y lo arrojó sobre la arena, a sangrar como torero desnudo.

—¡Miren nomás! —se burló Matías al salir del agua— Así, enarenado, parece una milanesa.

Pero Octavio todavía no se daba por vencido: cogió un puñado de arena, lo arrojó a los ojos de Miguel Ángel y, sin soltar el brassiere de Cindy huyó a ocultarse en el edificio principal del hotel. Miguel Ángel brincó para perseguirlo pero estaba momentáneamente ciego y Esteban lo sujetó por un brazo: —Déjalo, ya lo castigaste —dijo el jefe de los Jaguares—. Lávate los ojos.

En ese momento las muchachas también salieron del agua. Cindy se cubrió a medias con una toalla que recogió de la arena y, sin remilgos, se acercó a los muchachos, a auxiliar a Miguel Ángel.

—No te restriegues los ojos. No parpadees. Ven, vamos a lavarte —ordenó la chica y Miguel Ángel se dejó conducir, mansamente.

⚜

El sol aún estaba alto sobre el horizonte pero ya se empezaba a percibir la brisa fresca que al atardecer sopla del mar hacia la costa en Cayo Balam. Roxana se puso una delgada camisa sobre los hombros y, en vista de que Miguel Ángel ya estaba en buenas manos, pensó en qué ocupar a los restantes muchachos porque, era su convicción, no se debe dejar a los hombres en la molicie: —Los boy scouts encienden fogatas al anochecer para cantar canciones y asar salchichas a las brasas, ¿verdad? Pues entonces —agregó sin esperar respuesta—, vamos a juntar leña. Pónganse tenis o huaraches porque a donde vamos hay espinas.

Los muchachos obedecieron y ella, tras hacerse de unos costales para cargar la leña, los guió por el puente a tierra firme, a recorrer la orilla rocosa al costado del campo de golf, donde la marea acumulaba ramas, maderos, raíces.

—¿Son restos de naufragios, verdad? —preguntó Matías, con los ojos abiertos a todo lo ancho.

Salim andaba inusualmente taciturno, pero la ocurrencia del chiquillo lo hizo sonreír: —Sí —contestó—. De barcos piratas. Ya sabes, los piratas infestan el Caribe.

Matías y Salim se encaminaron hacia una estrecha caleta que parecía promisoria, repleta de ramas, troncos y raíces; y Roxana y Esteban tomaron el rumbo opuesto.

Matías esperó a estar fuera del alcance de oídos femeninos antes de soltar la pregunta que traía de largo rato atrás: —¿Viste qué chiquito tenía su pirrurris el tal Octavio? Más chiquita que la mía: ¿se lo habrán comido peces carnívoros, como las pirañas?

—N'ombre, en el Caribe se extinguieron las pirañas por comer carne de pirata, que es venenosa.

—¡Mira! ¡Ese palo parece una punta de bauprés... o de trinquete! —exclamó Matías.

Aquello sí captó la atención de Salim: —Humm... Primero pirañas, y ahora bauprés, trinquete... ¿Son palos de un velero, verdad? ¿De dónde sacas esas palabras? ¿Cómo sabes tú esas cosas?

—Bah, las leo en *El tesoro de la juventud*, el único libro divertido que los Ancianos tienen en el Salón del Reino. Digo, tenían, porque ahora del Salón y los libros no debe de quedar nada...

Mientras tanto, Roxana y Esteban también charlaban para conocerse:

—Hablas poco y sólo te mueves lo necesario —dijo Roxana—. En cambio, los otros chicos brincan como chapulines. Tú pareces mayor.

—Tengo dieciséis —dijo Esteban.

—Sí, pero pareces mayor. ¡Mira esa raizota! A ver si podemos cargarla. Me haces pensar en ese poema de Kipling, agarra de ahí, fuerte; jala, pero no te claves astillas, que mi mamá siempre recitaba «Si puedes conservar la cabeza cuando a tu alrededor todos la pierden y te cubren de reproches...» Así era ella y así pareces tú: el que no pierde la cabeza. Cuando tú hablas, los otros se callan y escuchan.

—¡Ni creas! Nomás a veces, y eso que soy el guía en jefe. Tu mamá: ¿por qué hablas de ella en pasado?

—Murió hace dos años. La secuestraron guerrilleros, en Colombia, y aunque mi tío pagó el rescate, la mataron.

Por un momento Esteban no supo qué decir. Al cabo trató de cambiar el tema, suavemente: —Perdóname por haber preguntado. ¿Y el poema? ¿Cómo termina el poema?

—Oh, es largo. La idea central es que, si puedes conservar la cabeza cuando a tu alrededor todos etcétera, entonces sabrás que eres un verdadero hombre o una verdadera mujer.

—Pues, entonces, me falta mucho. Tú también pareces mayor, muy segura de ti misma. ¿Qué edad tienes?

—Quince. Supongo que, sin mamá, tuve que crecer de prisa. Mi papá, ya lo conociste, con todo y su cola de caballo, es muy inteligente, pero no muy fuerte..., y se quedó muy solo. Yo debo respaldarlo.

No pudieron seguir platicando porque los interrumpió el Bemba, que se acercaba a grandes zancadas por el puente:

—¡Niña Roxana! ¡Jóvenes *boy scouts*...! —gritaba el Bemba— ¡Necesito ayuda!

Roxana fue la primera en atar cabos: —¿Qué hizo mi primo? ¿Dónde está?

—No sé. Se llevó uno de los jeeps. Podría estar aquí nomás, en el pueblo, o haberse ido a Chetumal, a...

—A emborracharse y buscar pleitos, por supuesto —cortó Roxana—. Tenemos que ir por él.

—No —dijo Esteban—. Si hay pleitos, podría ser trabajo de hombres. Yo voy con usted, don Bemba: tengo experiencia en manejar borrachos. Tuvimos un caso en la familia.

A regañadientes, Roxana y Cindy, que emergió de la regadera con su «paciente» Miguel Ángel, aceptaron quedarse en Cayo Balam, mientras los muchachos y el Bemba partían en la Land Rover.

⚜

—¿Por qué los muchachos son tan brutos, tan… «físicos»? —preguntó Cindy, hablando más para sí que para Roxana.

—Bueno, ese Miguel Ángel corrió a protegerte. Todo un caballero.

Sólo entonces Cindy recordó que andaba sin brassiere y buscó una camisa para cubrirse: —No sé si fue para protegerme o para mostrarse más «macho» que el baboso de tu primo. Voy a tener en observación a este Miguel Ángel. ¿Viste que pretende dejarse crecer el bigote? Se le ve horrible. Bueno, no me cae del todo mal: tiene manotas de mecánico.

⚜

Sólo cuando la camioneta se detuvo bruscamente ante el jardín central del pueblo, junto al jeep ahí abandonado por

Octavio, advirtieron los boy scouts que Matías se les había colado:

—Pinche escuincle —refunfuñó Salim—. Cuidadito y te nos cruces entre las patas.

—¡Miren! —gritó Matías— ¡Lo van a linchar!

Así lucía la escena, pero los pocos lugareños que al promediar la tarde curioseaban por ahí no se inquietaban porque habían visto a esos tipos de aspecto rudo y aquel muchacho pálido bebiendo juntos un rato antes y el incidente les parecía sólo un pleito de borrachos.

⚜

En realidad, el incidente era sólo un pleito de borrachos. Octavio había llegado a la cantina del pueblo, a un costado del jardín central, justo frente a la iglesia, con el firme designio de emborracharse; pero apenas iba por su primera cerveza oscura con ron de Jamaica cuando aquellos tipos rudos le buscaron conversación.

Los tipos rudos llevaban al menos dos botellas de ron de ventaja y eran tres, tan parecidos entre sí que los tomaban por triates. El primero en hablar fue el Número Uno, que tenía los ojos más vidriosos:

—¿Tú eres de ahí, del hotel que están construyendo, chico? ¿Trabajas ahí?

—Soy el dueño —gruñó Octavio—. Bueno, hijo del dueño.

El Número Dos reacomodó la lengua, que parecía irle grande, y, antes de hablar, codeó al Número Uno: —Te lo dije. No es el valet parking. Es el hijo del dueño.

El Número Tres sólo rió, con una risa como tos.

—No te ofendas, chico —dijo en tono amistoso el Número Uno—. Nosotros somos arqueólogos subacuáticos, buceadores, del Instituto del Mayab, ahí en Cayo Quimera...

—Pregúntale cuándo van a llegar las gringas —el Número Dos volvió a codear al Número Uno—. Tú, que eres el más educado: pregúntale.

—No me codees —dijo el Número Uno—. Nomás queríamos saber cuando empezarán a llegar los cruceros con las gringas desnudas. ¿Ya sabes que hay cruceros de nudistas?

—Sí, lo vi en la tele.

—¡Bah! —tosió el Número Tres— En la tele las muestran nomás de espaldas.

—¿Te fijaste que las gringas no tienen vello? ¿Te fijaste?

—¡Bah! —volvió a toser el Número Tres— Las mayas tampoco tienen. ¿Ves ésas que ahora salen de la iglesia? Seguro que no tienen.

A esa hora terminaba la misa dominical vespertina y algunas mujeres, unos viejos y un grupo de chiquillas salían al sol, parpadeando y parloteando lo poco que hay para chismorrear la tarde del domingo en un pueblo donde nunca pasa nada: lo raro del clima, que en plena temporada de lluvias tenía ya tres días sin llover; la nueva aventura extracurricular que los rumores adjudicaban al joven nuevo cura; cosas por el estilo.

Octavio quiso aprovechar la momentánea distracción para escurrirse discretamente: puso un billete sobre la mesa y se incorporó, pero el Número Dos, que no se había distraído, lo atrapó de una muñeca.

—¿Tú conoces bien a las mayas? —preguntó el Número Uno.

—No mucho —murmuró Octavio—. Y ya tengo que irme.

—No tengas miedo, chico —dijo el Número Dos, al tiempo que echaba su silla atrás y se ponía de pie. No era muy alto pero sí ancho, casi cuadrado —. Aquí estamos para protegerte. Ven, vamos a interrogar a esas que vienen cruzando, no más para salir de dudas.

Se refería a tres chicas de tal vez catorce o dieciséis años, que cruzaban el jardín por uno de los senderos de grava que convergían en el kiosco central. El Número Uno y el Tres también se pararon, listos a salir. El cantinero, un hombrecito esmirriado parapetado tras el mostrador, trató de disuadirlos («Son las hijas del Calamar: mejor no se metan con ésas», alcanzó a decir), pero los tipos rudos no prestaron atención. En cambio alzaron a Octavio a casi diez centímetros del suelo, de modo que los pies del muchacho no alcanzaban a pisar; y atravesaron la calle y entraron al jardín por uno de los senderos, en curso de colisión con las chicas. Sólo cuando toparon con ellas depositaron a Octavio en tierra firme.

—Hola, señoritas —saludó el Número Uno, el más educado—. Este joven es el hijo del dueño y desea saber si ustedes tienen vello justo ahí, precisamente. ¿Podrían mostrarle, por favor?

Mientras el Número Tres reía y tosía, el Número Dos hizo ademán de levantar las faldas de las dos mayores. Pero Octavio se liberó de pronto y, como electrizado, empezó a recoger puñados de grava del sendero y arrojarlos frenéticamente a la cara de los tipos:

—¡Fuera, bestias! ¡Fuera, perros! —gritaba Octavio con voz abrasiva, como poseído— ¡Dejen en paz a las chicas! ¡Fuera, bestias!

El bombardeo de grava no les hacía mucho daño, pero la repentina furia de Octavio los hizo retroceder un par de pasos, alelados. Las muchachas aprovecharon para huir, brincando por los arriates, pero los tipos pronto se recuperaron de la sorpresa, cerraron filas y cargaron a Octavio en vilo, como se alza a un niño berrinchudo, y lo arrastraron al kiosco, entre risotadas y toses. Ahí lo sujetaron entre dos primorosas columnas de hierro forjado, con los brazos abiertos, como si fueran a crucificarlo. Entonces les cayó el contraataque.

El primero en ver lo que venía, por sobre los hombros y las cabezas de los tipos que lo sujetaban, fue Octavio, y la visión de los *boy scouts* y el Bemba que cargaban al galope le insufló tanto aliento que, juntando en el aire ambos pies, lanzó su mejor patada al plexo solar de uno de los tipos, tal vez el Numero Uno, que estaba más al alcance. El golpe arrugó la vidriosa mirada del tipo, pero no lo dobló. En cambio, la repentina embestida de Matías, que brincó como simio y se colgó del pelo del sujeto, sí lo derribó, más aturdido por el ron que por los golpes. Al mismo tiempo, el Número Dos y el Tres soltaron a Octavio para volverse a enfrentar el ataque que recibían por la retaguardia, pero lo hicieron a destiempo, porque el alcohol entorpecía sus movimientos: el Bemba atrapó al Número Dos con una feroz llave china y Octavio, aprovechando que Esteban, Salim y Miguel Ángel aferraban al Número Tres por ambos brazos y el cuello, descargó sobre el vientre del sujeto los puñetazos más duros de que fue capaz, con magro resultado: —No me pegues en el estómago, que me da tos —dijo el tipo y rompió a toser.

Esteban, Miguel Ángel, Salim e incluso Matías comprendían que, con todo y mermados por el alcohol y la sorpresa, aquellos sujetos podían aún pelear como gatos rabiosos, pero en ese momento llegaron el Calamar, el doctor

Alberto Gómez —el colega y amigo que el doctor Miranda había mencionado a los boy scouts— y los dos obesos policías del pueblo.

El Calamar, un cincuentón de gran cabeza redonda completamente calva y ojos como aguijones, no alcanzaba el metro sesenta de estatura pero era más ancho que los tipos rudos; y venía tan furioso que blandía las manazas como garras, buscando a quién estrangular: —¿Quién quería encuerar a mis hijas? ¿Quién...?

—Déjalos, Calamar —intercedió el doctor Gómez—. Ya están controlados y, además, aquí está la policía.

—¡Arresten a estos tipos! —rugió el Calamar.

—Pues... nosotros no tenemos órdenes, señor Calamar —gorjearon los gordos gendarmes, casi a dúo.

El Número Uno, el más educado, se incorporó, apoyándose en codos y rodillas: —En realidad, ya nos íbamos —dijo educadamente, al tiempo que se friccionaba la cabellera que Matías le había maltratado.

Las personas del pueblo, como curiosos después de un choque, empezaron a juntarse en torno del grupo. También regresaron las hijas del Calamar: —Este joven —dijo la mayor, señalando a Octavio— fue el que nos defendió, papá. Es muy valiente.

Octavio se ruborizó y la pequeña multitud emitió un zumbido de admiración. El cantinero, que llegaba al trotecito, secándose las manos con el trapo de limpiar el mostrador, pasó al frente: —Me deben tres botellas —dijo, encarando a los tipos rudos. El Número Uno se apresuró a tenderle un billete y el cantinero, sensible al ánimo popular, se volvió hacia Octavio: —Aquí le regreso su dinero, estimado joven. Su trago va por la casa.

—Todo arreglado —canturrearon los policías obesos—. Vamos a acompañar a estos señores a su lancha, que dejaron allá en el atracadero. Por aquí, por favor.

⚜

Cuando el Bemba y los boy scouts regresaron a Cayo Balam, Cindy y Roxana ya habían armado la fogata y esperaban para encenderla, cerillos en mano. El sol se metía en el mar y en el cielo aparecían tantas estrellas que iluminaban como luna llena.

El Bemba se excusó de acompañarlos en el círculo en torno del fuego: —Mi día de descanso es el domingo, pero hoy me quedé para recibirlos. Ahora, si me dispensan, voy un rato a ver a mi novia, antes de que me la vuelen —y se marchó.

Mientras tanto, Roxana examinó a Octavio con ojo clínico, buscándole moretones, tajos y raspaduras: —¿Qué pasó, primo? No pareces borracho. ¿Te metiste en pleitos?

En el corto viaje de regreso los muchachos habían acordado minimizar lo sucedido en el pueblo, para no alarmar a las chicas.

—Nomás tuve un malentendido con unos tipos grandes como roperos. Nada grave —dijo Octavio.

Pero Matías no pudo contenerse: —Octavio fue muy valiente —barbotó—. Él solito se enfrentó a patadas a unos sicarios que iban a secuestrar, violar y asesinar a tres chavas y las salvó, pero los tipos ya iban a lincharlo cuando llegamos nosotros y les propinamos feroz patiza. «Propinar» quiere decir «dar, descargar o aplicar».

Cindy quedó viendo al niño boquiabierta, pero Salim la tranquilizó: —Es que lee *El tesoro de la juventud*. De ahí saca esas palabras.

En ese momento empezó a chisporrotear la fogata y las salchichas, a crepitar. Alguien destapó unas cervezas. A la luz de las llamas comenzaron a destellar las dentaduras, las bromas, las risas. Hasta Salim, que había andado meditabundo todo el día, ahora reía sin tapujos, con la boca llena de salchicha. Roxana fue por su guitarra y a la vuelta anunció que, decía su papá, al día siguiente el gran Jean-Claude Melville emergería de los abismos marinos y empezaría el curso de buceo. Después agitó su cola de caballo, empezó a rasgar las cuerdas suavemente y, con voz apacible, empezó a susurrar una balada de Joan Baez aprendida de algún viejo disco de los que atesoraba su papá, el ex *hippie*.

Octavio no hallaba con quien franquearse y al fin eligió a Miguel Ángel, nada menos:

—Fíjate que no estoy borracho y sin embargo me siento contento —dijo por lo bajo «el hijo del dueño».

—Sí —contestó Miguel Ángel, con igual reserva—. Son cosas que pasan.

Sin perder la sonrisa, Salim se incorporó y caminó por la playa, buscando al resplandor de las estrellas algún rincón escondido para aliviar su vejiga. Ahí se le reunió Esteban, para lo mismo.

—Es lo malo de la cerveza —dijo Salim.

—Sí. Pero esa cerveza yucateca es muy sabrosa —dijo Esteban—. Te vi preocupado todo el día. ¿Algún problema?

—No. Nomás que esta mañana, después de diez años, me crucé con mi padre: ese tipo alto y flaco, de sandalias raras y vestido como hindú, que nos cruzamos en el aeropuerto.

—¿Estás seguro? Hace diez años que no lo ves…

—Está igualito. Él, por supuesto, no me reconoció… bueno, ni me miró, pero yo lo reconocí por una vieja foto que mi mamá había escondido y yo encontré en un cajón. Está igualito.

—Parece que ahora es un famoso científico. ¿Qué vas a hacer: ignorarlo o encararlo?

—Todavía no sé. En eso ando pensando.

Asuntos de familia

El resplandor de las estrellas penetraba por la ventana abierta de par en par, se reflejaba en el espejo en la puerta del ropero e iluminaba la cama donde descansaban Sendelia y el Bemba.

La de Sendelia era una de las cabañitas destinadas en Cayo Quimera al personal del Instituto del Mayab.

—Es un tipo traicionero —murmuró Sendelia, retomando la plática iniciada rato antes—. Se queda horas sentado en silencio, con los ojitos entrecerrados, espiando por las ranuras entre los párpados, tramando traiciones. Yo temo por el doctor Khalil, que es un santo inocentón.

—¿No exageras? —preguntó el Bemba bostezando—. ¿Qué puede tener en contra del doctor, que no se mete con nadie y nomás piensa en sus vacunas?

—No sé. Tal vez temen que el doctor, que es distraído pero no menso, descubra lo que estos tipos esconden en su bodega bajo llave y los denuncie. Todo el mundo sospecha que este profesor Preciado y sus guaruras están saqueando tesoros arqueológicos para venderlos en el mercado negro.

—Podría ser, podría ser —bostezó otra vez el Bemba—, pero no hay pruebas, nomás sospechas.

—Basta ver a Preciado y a sus guaruras cuchicheando en un rincón, tramando canalladas. ¿Qué más pruebas?

Pero el Bemba ya roncaba, de modo que Sendelia se volvió de espaldas a la ventana para dormirse.

⚜

A esa hora el profesor Wilson Preciado no dormía, sino que inspeccionaba palmo a palmo el espartano, casi monacal departamento del doctor Khalil, quien no se había molestado en cerrar con llave antes de partir a vacunar chiapanecos.

El aposento lucía tan aséptico que resultaba sospechoso. Buscando y rebuscando, Preciado no pudo hallar nada personal: ni un retrato de familia, ni una libreta de direcciones, ni una carta, ni un pasaporte, ya que siendo mexicano el doctor no lo necesitaba para estar en México. La cama no tenía huecos ni escondrijos posibles. Ninguna duela del piso había sido removida para ocultar algo debajo. Todas las lámparas funcionaban normalmente, lo cual indicaba que nadie había ocultado microfilms en los portalámparas, a diferencia de lo que se ve en las películas de espionaje. En el pequeño cuarto de baño tampoco había escondites ni documentos en herméticas bolsas de plástico sumergidas en el depósito de agua del inodoro.

Cuando se aburrió de husmear, el profesor dejó todo como intacto, apagó las luces, cerró la puerta y se encerró en su propio cuarto, para usar el teléfono satelital.

—Dígame —ordenó Máximo. Contestaba el teléfono a la manera de los cubanos, aunque su acento no era cubano sino «internacional», difícil de situar geográficamente, como el español hablado por los actores que doblan series de televisión.

—Revisé su cuarto milímetro a milímetro —dijo Wilson Preciado—. Igual que en el laboratorio, no hay nada personal. ¿Recibió la copia del disco duro de su laptop?

—Sí. Tampoco hay nada. En su dormitorio, ¿nada personal?

«Dice "dormitorio" en vez de cuarto o recámara», pensó el profesor Preciado. «Podría ser uruguayo o tal vez argentino». Respondió.

—No, nada.

—¿No es eso raro? ¿Qué oculta ese sujeto?

—Hay tipos así, que no piensan en nada personal ni cuando se miran al espejo. En realidad, no parece ocultar nada: en vez de permanecer de guardia, el ayudante que dejó en su laboratorio para cuidar de los animales, esta tarde se fue a nadar dejando abierto, de modo que pude meterme a revisarlo todo... Sólo tienen productos químicos, tubos de ensayo y animalitos, ratones y monitos, encerrados en jaulas muy limpias. Nada personal.

—Tiene un hijo mexicano que «casualmente» llegó hoy a Cayo Balam, «a bucear». ¿No es mucha coincidencia? No me gustan las coincidencias. De paso: me informan que tus buzos ya se metieron en pleitos con los lugareños. Si no puedes controlarlos, tendré que mandar a mi propia gente, y no creo que te guste.

—Le aseguro que no será necesario. Estos buceadores sólo beben ocasionalmente, para compensar el estrés de las compresiones y descompresiones, pero son verdaderos profesionales, entre los mejores en su oficio.

—Te hago responsable a ti. En cuanto a Khalil y su hijo, no les pierdas pisada —dijo Máximo y cortó la comunicación abruptamente.

⚜

En su puesto de escucha, en su flamante bungaló de Puerto Balam, el doctor Alberto Gómez también cortó la comunicación y, segundos después, marcó la clave del doctor Germán Miranda.

—Hola, amigo resucitado —respondió Miranda—. ¿Ya viste a mis niños? ¿Llegaron bien?

—Alegres y normales. Tanto, que ya se agarraron a patadas en la cantina del pueblo con unos buzos borrachos. Para demostrarte que hasta los domingos estoy firme en mi guardia, te tengo una nueva grabación del tal Máximo. ¿Ya lo identificaron?

—No. Ese detalle trae de cabeza a nuestro coronel Menéndez. Pásame la grabación: a lo mejor los analistas encuentran alguna pista. ¿Pudiste ubicar de dónde habla? ¿De alta mar, otra vez?

—Sí. Un punto en pleno Caribe, unas millas al sureste de las Bermudas. Ahí te mando las coordenadas junto con la grabación.

—Debe vivir en un yate. Menéndez dice que tal vez no es un humano sino un monstruo marino. Si esa depresión tropical de que habla la tele se transforma en huracán, tendrá que buscar refugio en algún puerto y se hará más visible, más expuesto.

—¿Nuestra Armada no puede rastrearlo? ¿Ni con ayuda de los gringos?

—Tal vez podría, pero Menéndez no quiere meterlos en el juego, no todavía. Me parece que no confía en ellos.

—Tal vez tenga razón. Bueno, camarada, ahí te va la grabación. Yo me voy a dormir.

Alberto Gómez movió un *switch* y trasmitió la grabación en alta velocidad. Y a continuación se fue a dormir, tal como había anunciado.

⚜

El helicóptero del Instituto del Mayab aterrizó en Chetumal a media mañana del lunes y el doctor Khalil, que la noche anterior había dormido poco y mal, emergió al rayo del sol preocupado y satisfecho al mismo tiempo. La vacunación con el nuevo antígeno se había completado sin tropiezo y en menos tiempo que el previsto, porque en esta cuarta visita a Nuevo San Juan los lugareños, superada toda desconfianza, habían recibido al doctor y sus ayudantes como a santones: algunas viejecitas habían tratado de besar las manos de Khalil y un par de hombres habían buscado al doctor a solas para consultarlo sobre síntomas de disfunción eréctil.

Todo lo cual era alentador; pero, en ratos de descanso, los circunspectos laboratoristas, que sí habían visto televisión la noche del viernes, le repitieron lo dicho en su momento por Preciado: que en el noticiario *Esto Sucedió* el tal Amadeo Mendoza había entrevistado a un jovencito que no sólo se llamaba Salim, como el doctor, sino que lucía una afilada nariz aguileña, como la de Khalil.

—¿Qué apellido? —había preguntado el doctor.

—Ojeda —dijeron los laboratoristas: precisamente el apellido de la desdibujada esposa de Khalil.

—¿Cómo era la nariz? ¿Aguileña, semítica, como veleta o como timón de cola de un zepelín? —quiso precisar Khalil.

—Como la de usted, doctor —precisaron los laboratoristas.

Las cavilaciones de Khalil se interrumpieron bruscamente cuando, en uno de esos tortuosos pasadizos bardados con redes de color naranja, se toparon con el profesor Wilson Preciado y un sujeto flaco, nervioso y con un bigotillo delgado como filete de anchoa.

—¡Qué bueno que los encuentro! —saludó el profesor con ancha sonrisa—. Éste es mi amigo Jean-Claude Melville, el famoso buceador, y éste es mi amigo Salim Khalil, el famoso científico: podrán hablar en árabe. ¡Me da gusto presentarlos!

—¡Puff! Mi árabe es apenas elemental —dijo Khalil mientras estrechaba con gusto la mano de Melville.

—Y el mío, casi totalmente olvidado —dijo Melville. Hablaba español con más acento caribeño que francés.

—Yo salí de Argelia a los 12 años de edad, después de morir mi madre, y fui a vivir con la familia de mi padre, en Marsella... Cien por ciento franceses. Pero estoy encantado de conocerlo, aunque sea en español, doctor Khalil. He oído mucho de usted —saludó Melville efusivamente.

—¿De mí? —se asombró Khalil—. ¿En Marsella?

—No, en Panamá: todavía hablan de su gran campaña contra las fiebres tropicales en el Tapón del Darién. El ministro de Salud lo compara a usted con Carlos Finlay, aquel médico cubano que acabó con la fiebre amarilla y la malaria durante la construcción del canal —explicó Melville.

Pero no podían seguir charlando porque otros viajeros, arrastrando su equipaje, querían circular por el estrecho pasillo. En el estacionamiento los esperaban el Bemba con la Land Rover del Grupo Sílber, ya cargada con el copioso equipaje de Melville; y ahí mismo esperaba el cuarto de los laboratoristas del doctor Khalil con un vehículo del Instituto del Mayab. Khalil y Melville acordaron volver a reunirse en los próximos días y partieron a sus respectivos destinos.

Ya en camino, entre brincos y topetazos, Melville preguntó si ya habían llegado los de la televisión.

—Esta mañana muy temprano, en vivo y en directo —contestó el Bemba—: unos camarógrafos greñudos, maquillistas (dicen que no se van a maquillar para meterse al agua pero que deben traerlos por exigencia del sindicato) y Amadeo Mendoza de carne y hueso. Y dos chicas con más carne que hueso, encargadas quién sabe de qué.

—Qué bueno —Melville se relamió como gato a la vista de un canario—: vengo preparado para darles un tour de película.

⚜

En Cayo Quimera, mientras tanto, el doctor Khalil fue a su cuarto a dejar sus cosas y, sin sorpresa, comprobó que la puerta que él había dejado sin llave, ahora estaba asegurada por dentro, lo cual indicaba que alguien había entrado y, al salir, por hábito y reflejo condicionado había oprimido el botón del pestillo automático, el detalle delator que el doctor esperaba hallar. Después de asearse se dirigió a la cafetería, a buscar algo de comer. En el camino encontró al joven laboratorista a quien había dejado de guardia en Cayo Quimera:

—Tal como usted ordenó, doctor, ayer en la tarde simulé que me iba a la playa y, espiando desde aquellos arbustos, vi al profesor Preciado entrar al laboratorio y quedarse ahí largo rato. Pero dejó todo en orden y no se llevó nada.

—Gracias. No lo comentes con nadie —dijo Khalil y entró a la cafetería. Aún era temprano para la comida, pero el doctor había tomado sólo café a la hora del desayuno y ahora tenía hambre. La única mesa ocupada era la de Preciado y Khalil no vaciló en reunírsele.

—Tenía usted razón, Wilson: sí es mi hijo —soltó el doctor, sin preámbulos.

—Caray. No sé qué haría yo si de pronto me topara con un hijo después de diez años de no verlo —dijo el profesor, entrecerrando los ojos para pensar mejor.

—¿Usted, tiene hijos? —preguntó Khalil.

—No sé. Algunos debo de tener, por ahí. Entiendo que ese muchacho está ahora aquí cerca, en Cayo Balam: es uno de los boy scouts a quienes Melville enseñará a bucear… ¿Qué piensa hacer, doctor? ¿Hablará con el muchacho?

—Todavía no sé. En eso ando pensando —repuso Khalil, repitiendo textualmente la respuesta que su hijo Salim había dado a Esteban la noche anterior, cuando ambos boy scouts orinaban en la playa, al resplandor de las estrellas.

—En un caso como éste, ¿su religión no es ayuda? ¿Qué dice el Corán sobre las relaciones entre padres e hijos?

—No soy un musulmán riguroso. Nunca he peregrinado a la Meca. Ni siquiera practico las diarias oraciones, abluciones, etcétera. Me temo que nunca alcanzaré el paraíso con sus huríes de bellos ojos, etcétera, porque ni siquiera creo en eso. En realidad, Wilson, al pedirle consejo no estoy buscando guía espiritual ni religiosa sino la sabiduría práctica del hombre de mundo.

—¿Sabiduría práctica? En todo caso, la mejor política es anticiparse a dar la cara... cuando no hay opción. Usted es un personaje notorio, por su renombre científico: ya ve lo que dice de usted Jean-Claude Melville. Y su hijo también es notorio, por ahora, porque arriesgó la vida para salvar a un niño en un aluvión. No pueden ignorarse uno al otro. Si no se puede evitar, adelántese a dar la cara: es más elegante.

—Sí, suena como sabiduría práctica. Lo tomaré en cuenta. Ahora, ¿ordenamos algo de comer? —sonrió Khalil y llamó con una seña a Sendelia, que desde su lejana trinchera tras el mostrador había estado observando la escena con torva mirada.

⚜

A esa hora, en Cayo Balam, nadie pensaba todavía en comer: Amadeo Mendoza, enfundado en un traje de baño enterizo, como de película muda; las carnosas asistentes, con tangas iridiscentes; los boy scouts, más Roxana y Cindy, más Octavio, más el ineludible Matías; más un rejuvenecido Edelmiro Argüello; más el Bemba —unido al grupo «para lo que se ofrezca»—; más los greñudos camarógrafos, que resoplaban como cetáceos, integraban un disciplinado cardumen que Jean-Claude Melville guiaba por los recovecos del esplendoroso arrecife de coral.

Melville ya conocía al milímetro aquellos rincones, porque había trabajado meses atrás con los auditores ambientales de Dumas-McKay, la firma canadiense contratada por el Grupo Sílber para contrarrestar la ofensiva de las «ongas». Ahora, con el acicate de la televisión, el buceador estaba preparado para ofrecer un show tan didáctico que, esperaba el buceador, rivalizaría con los legendarios filmes de Jacques Cousteau.

Melville había diseñado el tour con precisión de miniaturista. Como los programadores de los autobuses que pasean turistas en Londres o Roma, tenía previstos con exactitud los puntos donde haría altos escalonados para explicar al cardumen, y a los telespectadores, lo que iban viendo.

Para «hablar» bajo el agua y mantener comunicación constante con el cardumen, el buceador había provisto a cada uno de sus pececillos con unos auriculares integrados a los goggles y dotados de un microchip capaz de almacenar horas de grabación. Los altos en puntos estratégicos estaban perfectamente cronometrados; tan pronto como, obedeciendo a una seña de Melville, el cardumen hacía alto ante una especial formación —un coral como árbol de Navidad, o negro pero transparente, o con forma de tiranosaurio, de volcán en plena erupción de burbujas, o de hipocampo, de pararrayos o de pene de gigante en erección—, en el oído de cada nadador irrumpía la voz de Melville, describiendo vida y milagros de aquel coral, de aquel molusco, de aquel pez, desde los más bonitos y ponzoñosos hasta los más feos e inocuos.

El show de Melville resultaba tan fascinante que el cardumen lo habría seguido por horas, pero Amadeo Mendoza, que consultaba su cronómetro con tanta frecuencia como

Melville el suyo, hizo señas de cortar: los de la televisión debían correr a Chetumal, reembarcarse en el Learjet del Grupo Sílber y de inmediato volar a la capital y alcanzar a procesar su material para la emisión estelar de *Esto Sucedió* de la noche. De inmediato: ni tiempo para un taco.

Quienes sí se arrojaron como náufragos sobre las viandas que les sirvieron en la palapa mayor fueron los boy scouts, el cicerone Melville, las anfitrionas Cindy y Roxana y los ineludibles Octavio y Matías.

—Es asombroso —dijo Octavio, con la boca llena—, pero éste es mi segundo día sin alcohol ni mota y me siento bien, muy bien. ¿Me pasan el guacamole, por favor? ¡Gracias! ¿Ven? Ya digo «gracias» y «por favor». Creo que me estoy regenerando. ¿Qué hay de postre?

—Nomás te falta hacerte boy scout —dijo Roxana, entre risas. Pero Octavio lo tomó en serio:

—¿Podría? A ti te pregunto, jefe Esteban. ¿Podría yo hacerme boy scout?

—No habla en serio —mascculló Salim.

—¿Hablas en serio? —preguntó Miguel Ángel.

—Sí, habla en serio —dijo Esteban—. ¿Por qué quieres ingresar a nuestro movimiento?

—No, hombre, bromeaba —dijo Octavio—. Bueno, no: no bromeaba. Se me ocurrió ayer, cuando ustedes corrieron a salvarme. Sentí... como tener hermanos. ¿Cómo dice ese lema de ustedes? ¿«Uno para todos, todos para uno»?

—No, buey —intervino Matías—: ése es el lema de los mosqueteros, no de los boy scouts.

—No te metas, escuincle. ¿Tú qué sabes? —se molestó Octavio.

—Sí sabe, lee *El tesoro de la juventud* —terció Salim.

—Sí puedes ingresar a nuestro movimiento —dijo Esteban—. Primero estarías tres meses a prueba, a ver si tú te adaptas a nosotros y nosotros a ti. Después te tomaríamos juramento y te volverías uno de los nuestros, plenamente.

—¿No hay pruebas de sangre, fuego y resistencia, como marchar treinta kilómetros por el desierto cargando una mochila de treinta kilos, como en la Legión Extranjera?

Esteban no pudo evitar la risa.

—¡Hombre! ¡Nunca lo hemos hecho, pero no parece mala idea, al menos en tu caso!

Todos rieron, pero Octavio siguió hablando en serio.

—Lo pensaré —masculló con la boca llena de guacamole.

⚜

Esa tarde, mientras los jóvenes libraban un encarnizado torneo de algo parecido al voleibol playero, los teléfonos satelitales estuvieron muy activos en el área de Cayo Balam.

El doctor Alberto Gómez tuvo que brincar varias veces de su cuarto de radio, que él llamaba «radio shack», a su consultorio, porque en el pueblo parecía haber estallado una epidemia de diarrea.

Poco después de la una de la tarde Gómez registró una comunicación entre Máximo y el profesor Preciado:

—Esa tormenta tropical «Julia» ya se volvió huracán, pero se enfila hacia el norte, hacia la costa oriental de Estados Unidos —informó Máximo—. Tal vez tocará tierra en Georgia o las Carolinas. En todo caso, no los afectará a ustedes y el Caribbean Splendor seguirá el itinerario previsto. Llegará a Cayo Balam el fin de semana. En este *maiden voyage* no lleva pasajeros de paga sino periodistas, agentes de viajes, invitados especiales, gorrones por el estilo, pero eso no nos afecta. Sólo hará una breve escala en Cayo Balam, para coincidir con la inauguración, a la cual asistirán, me dicen, el presidente, el cardenal, etcétera. Nada debe distraernos: lo único que importa es embarcar la mercancía.

—¿Y la suspensión judicial? —preguntó Preciado.

—Eso ya está arreglado. Esta tarde se dará la noticia —contestó Máximo.

Seguramente, de eso estarían hablando unos minutos después Edelmiro Argüello, desde Cayo Balam, y Armando Sílber, desde la capital, pero el escucha captó únicamente ráfagas de ruidos, efectos del *scrambler*.

Sólo al rato el doctor Miranda confirmó lo informado por Máximo.

—Mi coronel Menéndez nos dice que se reactivaron los planes del presidente para inaugurar Cayo Balam el domingo. Parece que, en Chetumal, el tribunal colegiado y el consejo de la judicatura, bla, bla, bla, marginaron al juez que se oponía, y publicarán la noticia esta misma tarde, antes del noticiario de Amadeo Mendoza, para no dar la impresión de que se doblan ante la presión mediática... Lo que nos toca averiguar, camarada, es cómo le hace el tal Máximo para mantenerse mejor informado que nosotros.

—Fácil. Metiendo billetes en bolsas estratégicamente seleccionadas —opinó Gómez.

—En cambio ya sabemos algo sobre Preciado, gracias al MI5 británico y los servicios franceses: sí, es un eminente arqueólogo especializado en exploraciones subacuáticas, pero él y su amigote Jean-Claude Melville cometieron pecadillos en la juventud, como traficar con joyas arqueológicas, explorar sin licencia naufragios antiguos y modernos y, se cree, rescatar tesoros sin declarar lo hallado ni dar su tajada a los gobiernos afectados... ese tipo de travesuras. Los franceses dicen que tanto Preciado como Melville siempre andan cortos de dinero porque son jugadores compulsivos.

—Ésa debe de ser la «mercancía» a que se refiere Máximo: reliquias mayas. Van a tratar de contrabandearlas en ese crucero, el Caribbean Splendor —saltó Gómez—. Pero ahí la corto, camarada, porque me llegan pacientes: en este pueblo todo el mundo anda con diarrea.

⚜

En Cayo Balam el torneo de voleibol playero fue languideciendo a medida que el sol declinaba. Los jóvenes empezaron a buscar regaderas, toallas, columpios, hamacas. La regadera más espectacular era una ruidosa cascada que parecía brotar de un abrupto cerro de rocas tan realistas que sólo al pisarlas se advertía que eran de material sintético suave, elástico y antiderrapante. Resoplando, Roxana emergió de los gruesos chorros de agua y se topó con el escrutinio de Esteban.

—Nos conocimos hace como ocho o nueve años, ¿verdad? —preguntó el muchacho.

—Sí —dijo ella—. En casa de mi tío Armando... su anterior casa, no la cueva de lujo que tiene ahora.

—Me acuerdo de tu mamá —dijo Esteban—. Se parecía a una maestra que tuve en tercero, que era muy linda y paciente pero me hizo repetir el año porque yo era burro en matemáticas.

—Sí, mi mamá era muy linda y paciente, pero muy firme. Conmigo no había problema, porque yo era buena en matemáticas. En cambio era severa con mi papá, que a veces parece andar flotando, como papalote —dijo Roxana al tiempo que, con una gran toalla que parecía áspera, se restregaba fuertemente la espalda, los brazos, los muslos.

—Perdona. No quise traerte recuerdos tristes —se disculpó Esteban.

—No no importa —dijo Roxana—. Algún día hay que hablar de estas cosas. Yo también recuerdo a tu mamá: era muy joven, bonita y alegre..., aunque después se disgustó porque, creo, a tu papá se le pasaron las copas y ella insistió en que debían irse.

—En esos tiempos a mi papá siempre se le pasaban las copas. Fue uno de los motivos para que mi mamá nos dejara —dijo Esteban.

—Yo tampoco tengo madre, digo, mamá —soltó Matías, que se les había acercado subrepticiamente.

—¿Qué haces tú, fisgoneando? —se molestó Esteban.

—No lo regañes: es un buen niño... quiero decir, muchacho —intervino Roxana y se volvió hacia Matías—: ¿Tu mamá, también murió?

—No —dijo Matías—. El que murió fue mi papá: se metió de ilegal a Estados Unidos y lo mató la Migra. Mi mamá nomás se fugó con el maestro que teníamos antes del profesor Benedos, digo, Benedicto. Mi abuelo dice que no soportó la disciplina moral de nuestra comunidad.

—Lo siento por ti —dijo Roxana.

—Si, lo sentimos mucho —dijo Esteban.

—En cuanto a ti, Esteban, a la edad de Matías eras un chico enfurruñado —se apresuró Roxana, tratando de salir del tema de las madres esfumadas—. No querías jugar a nada.

—Bueno, lo que pasa es que tú sólo tenías muñecas para jugar... Ni arcos y flechas, ni balones, ni experimentos de química, ni *kits* para armar robots... en fin, nada interesante.

—Pues sí —consintió Roxana—. Yo todavía no sabía que los muchachos tienen gustos diferentes. Además, no estaba mi primo, Octavio: con él podrías haber jugado a las luchas, a la esgrima o al boxeo o a las vencidas, que era lo único que le gustaba; pero estaba internado en ese colegio especial para niños con problemas de conducta... y mi tía... ¿te acuerdas de mi tía?

—Cómo no. Volví a verla el otro día, en su nueva casa invisible, bueno, subterránea. Parece una persona... alejada.

—Sí. Nunca está, aunque esté. ¿Y de mí? ¿Qué recuerdas de mí?

—Eras muy delgada, tenías cola de caballo y alambres en los dientes —dijo Esteban sin pensarlo dos veces.

—Así era. Un desastre.

—¡Pero has cambiado mucho! —se apresuró Esteban.

—¿Qué es eso, amigo? ¿Un piropo?

Pero Esteban no pudo contestar porque en ese momento los abordó Salim.

—¡Esteban! Perdón, Roxana. ¡He decidido ir a hablar con ese tipo, digo, mi papá!

A esa hora, cuando el mar todavía estaba iluminado y la tierra ya se oscurecía, el doctor Gómez recibió una nueva llamada del doctor Miranda:

—¿Cómo va tu diarrea, camarada?

—No es broma, Germán. Los pacientes se quejan de fuerte dolor en las articulaciones, tienen temperaturas de treinta y ocho grados y subiendo, les está brotando un salpullido muy raro en muslos y torsos: una erupción como pequeñas hemorragias subcutáneas. Yo no soy epidemiólogo pero me parece...

—Sí, parece dengue —asintió Miranda—. Tal vez hemorrágico. Hay brotes en Veracruz, Tabasco, Chiapas y, sobre todo, Guatemala y Belice. Tenía que llegarles a ustedes.

—Caray. ¿Qué puedo hacer, camarada?

—Muy poco —reconoció Miranda—. Te llamaba para anunciarte que llegaré mañana muy temprano: volaré en la madrugada con el destacamento de avanzada del Estado Mayor Presidencial, que va a inspeccionar el terreno por el posible viaje del presidente. Ahora, con lo que me dices, mayor razón para ir de inmediato. Llevaré todo lo que me parezca útil... ya veré qué. Mantén a tus pacientes hidratados y frescos. No les des aspirina, repito, no les des aspirina, que agravaría las hemorragias. Trata de aislarlos y mucho cuidado con los fluidos corporales. Usa guantes, tapabocas... Sobre todo, que nadie desprotegido toque la sangre de los enfermos. ¡Te veré en pocas horas, camarada!

—¡Espera, no cortes! Si es una fiebre hemorrágica, puede que tengamos aquí a la mano, en Cayo Quimera, a uno de los principales especialistas, ese doctor Khalil que tanto preocupa al tal Máximo. Yo podría hablar...

—Yo pensé lo mismo, pero no hagas nada todavía. Déjame primero averiguar todo lo posible sobre este Khalil. Mañana temprano podremos hablar con este tipo.

⚜

A esa hora, otro a quien le urgía hablar con Khalil era al profesor Preciado. Pero no podía hallarlo, porque Khalil, a bordo de una de las lanchas tipo Zodiac disponibles en el Instituto del Mayab navegaba lentamente hacia Cayo Balam porque había decidido enfrentarse con su hijo.

Manteniendo los dos potentes motores fuera de borda a velocidad mínima, el trayecto le tomaría más de media hora, pero el doctor no tenía prisa porque deseaba repasar mentalmente el discurso con que pensaba encarar a Salim.

«Seguramente no me recuerdas y preferirías no reconocerme, pero yo soy el padre que te abandonó hace nueve años. Creo que te debo una explicación...»

El doctor traía las palabras ensartadas como cuentas de un rosario y, con los dedos de la mente, las desgranaba una a una, en su orden preciso.

«Seguramente yo soy el villano en tu telenovela familiar; pero tal vez ya has descubierto, a tus catorce, casi quince años, que no todos los «malos» son tan perversos ni todos los «buenos» son tan inocentes. Veamos los hechos concretos.

«Tu madre y yo nos conocimos cuando cursábamos el primer semestre en la Facultad de Medicina. No éramos ricos: ella ayudaba medio tiempo en la tienda de su familia, y yo trabajaba como afanador en el Seguro Social.

«Nuestra ambición no era convertirnos en doctores de éxito, prestigiosos, gordos y adinerados, sino unirnos a alguna organización como «Médicos sin Fronteras» o «Misioneros de la Salud» para recorrer el mundo combatiendo la desnutrición, el sida las fiebres tropicales o la tuberculosis que ya vuelve en los guetos, favelas, las ciudades perdidas, las «villas miseria».

«En la cafetería de la Facultad compartíamos el capuchino y unos panecillos que tu madre traía de su casa y leíamos o comentábamos biografías de misioneros y exploradores célebres, como David Livingstone, que andaba tan metido en el fondo de África que al periodista Henry Stanley le tomó dos años encontrarlo para hacerle una entrevista de media hora. Gente por el estilo. También compartíamos, cuando teníamos dinero, un rato de sexo en algún hotelito barato, de ésos que hay o había cerca de la universidad. Pero nunca pensamos en tener un hijo.

«En fin, no voy a cansarte con detalles técnicos: en el cerebro de la mujer que se embaraza estalla una revolución química que se refleja en todo el organismo, desde la textura de la piel hasta los gustos y disgustos en comidas y aromas: desde los horarios para dormir o ir al baño, hasta las ideas políticas y planes de vida, pasando por las preferencias en música y lecturas. A veces, hasta el color del cabello les cambia.

«A tu madre se le borró de la mente la vocación por la medicina y descartó de plano la idea del aborto. Siendo prácticos, decidimos casarnos e irnos a vivir en casa de la familia de ella, para no pagar renta, hasta que tú completaras tus primeros cinco años de vida, etapa fundamental para el desarrollo psicoemocional, dicen los sicólogos; y justo el tiempo que yo necesitaba para completar mi carrera y ver qué hacía: si me iba de misionero al África o a ejercer la medicina en la Sierra Tarahumara. Tu madre insistió en que yo dejara mi empleo en el Seguro Social y me dedicara estudiar tiempo completo: ella podía mantenerme, dijo, si yo ayudaba a criarte. Fui un padre cariñoso: te enseñé a caminar e ir al baño solito, cada vez que podía te llevaba al parque, cuando cumpliste tres años te enseñé algunas letras y los primeros números y el verano que cumpliste cuatro te enseñé a nadar. Cuando cumpliste cinco me gradué y me fui.»

—Hola, papá —dijo Salim—. ¿Te ayudo?

Sumido en su discurso silencioso, el doctor había tocado tierra en la playa de Cayo Balam, sin reparar que sus pies calzados en aquellas raras sandalias (ojotas sudamericanas, en realidad) brincaban a la arena húmeda y sus manos correosas forcejeaban con la Zodiac para sacarla del agua y asegurarla en terreno alto.

—Sí, hijo, por favor —contestó Khalil antes de pensarlo—. ¿Me esperabas?

—No —dijo Salim—. Nomás andaba por aquí, esperando al Bemba, que me prometió llevarme en su lancha Cayo Quimera, a verte a ti. Cuando te vi salir del mar caminando en reversa, como un cangrejo flaco. Parece que nos telepateamos.

Terminaron de asegurar la lancha y se contemplaron un momento, para cotejar la imagen actual con la fotografía mental que cada uno conservaba del otro. Salim todavía no alcanzaba en estatura a su padre pero, por lo desigual del terreno, ahora se veían al mismo nivel. También coincidieron en hablar de otra cosa, para disimular.

—¿Viste qué rojo está el sol en el horizonte? El Bemba dice que ese color rojo sangre es síntoma de huracán —improvisó Salim.

—Él debe de saber. Creo que fue marinero muchos años —asintió el doctor—. ¿Qué tal si caminamos un poco, mientras platicamos...?

—Sí —convino Salim—. Charlemos.

Por debajo del agua

LA CHARLA CON SALIM a lo largo de la playa, ida y vuelta, ida y vuelta, resultó ardua pero gratificante, se dijo al cabo el doctor Khalil; pero se reprochó haber hablado mucho y escuchado poco, un vicio que no le era habitual. «Ansiedad», se autodiagnosticó, con leve disgusto.

Cuando al fin regresó a Cayo Quimera era noche cerrada y la cabeza le hervía con las frases que no había dicho porque no le habían venido a la boca en el momento oportuno. Ahora trataba de enfriarse pensando que ya habría tiempo, tiempo de sobra, para decirle al hijo todo lo que nunca había pensado decirle y que esta noche le venía a la mente, en tropel.

Estaba demasiado excitado para dormir pero no tenía hambre ni ganas de ver a nadie. Cruzando los jardines en sombras en vez de entrar al edificio principal, se dirigió directamente a su cuarto. Pero uno de sus laboratoristas lo interceptó en un recodo:

—Ya surtió efecto, doctor. En menos de veinticuatro horas: tienen fiebre de más de treinta y ocho grados y ya les brota la erupción característica. El profesor está muy agitado, buscándolo a usted.

—Perfecto. ¿No exageraron la dosis? No se trata de matarlos.

—No, qué va. Nomás van a sudar varios días.

—¿Y la mercancía?

—Seguimos buscando. No puede estar lejos.

—Humm. Y el profesor, ¿no sospecha nada? Si ellos le confiesan que ayer anduvieron bebiendo con ustedes, él va a atar cabos.

—No hay riesgo. Tenemos a los pacientes constantemente vigilados. Después del escandalete del domingo en el pueblo, nunca le confesarían que estuvieron bebiendo otra vez, porque Preciado ya los amenazó con sacarlos de la jugada para siempre. Además el profesor no quiere ni acercarse a los pacientes, por temor al contagio.

—Perfecto —repitió Khalil—. Me voy a dormir. Ustedes, sigan buscando la mercancía, discretamente.

—¿No hablará con Preciado? Está en la cafetería.

—No. Que él también sude, al menos esta noche. Me voy a dormir.

⚜

Pero pasaría largo rato antes de conciliar el sueño. A oscuras, tendido como estaqueado en el duro colchón, el doctor pasó horas tomando notas mentales de la historia que pensaba contar a su hijo.

No quería apartarse de la realidad, sino aderezarla para el paladar de un quinceañero. Empezó a visualizar en la cara interna de sus párpados escenas de su propia vida los últimos años, para aceptarlas, rechazarlas o recortarlas, como hacen los editores de películas en el cuarto de montaje: él, de traje y corbata, el día que le otorgaron la exigua beca para estudiar biología en el Instituto Pasteur, en París; él mismo en sus empleos nocturnos, como peón de limpieza en el metro, compartiendo turnos, alojamientos y *baguettes* con gallegos, marroquíes, ecuatorianos y vascos indocumentados; otra vez él, enfundado en la camiseta de los «Médicos sin Fronteras», desparasitando y vacunando a gente sin esperanzas en campamentos de refugiados palestinos en Líbano y desplazados en Kosovo y en Somalia; él mismo en traje de safari con distintivos de la Cruz Roja en pecho y espalda, en las selvas de Colombia, de Perú, de Panamá…

Visto así, pensó Khalil, parecía haber vivido varias vidas; sin embargo, apenas era cuarentón y lo mejor estaba aún por llegar.

Mañana, se dijo el doctor, tendría que explorar con tacto de neurocirujano, con delicadeza de arpista, la mente de su hijo, a ver qué se podía lograr de él. «Me morderé la lengua y abriré mejor los oídos», se prometió el doctor antes de caer profundamente dormido.

⚜

El destacamento de avanzada del Estado Mayor Presidencial aterrizó en Chetumal antes del amanecer. El C-130 de la fuerza aérea en que volaron llevaba más «impedimenta» que personas: apenas una veintena de oficiales de inteligencia (entre ellos tres médicos, incluido el doctor Miranda) y toneladas de equipo para montar en Puerto Balam una base de comunicaciones y logística. El resto de lo que necesitaban esperaba en tierra: medio centenar de suboficiales y soldados de la guarnición de Chetumal, un par de helicópteros para establecer el «puente aéreo» entre Chetumal y Puerto Balam y un par de camiones para cargar por la brecha hacia la costa lo más voluminoso y pesado.

Para disgusto de los jardineros, el lugar elegido por los militares para establecer su base fue el virginal campo de golf, justo frente al bungaló del doctor Gómez, a quien le bastó, cuando oyó que llegaban los helicópteros, cruzar la calle para recibir a Miranda.

—¿Cómo van tus pacientes, camarada? —preguntó el recién llegado, aun antes de pisar el césped.

—Hombre, Germán, tanto tiempo sin verte. Estás más gordo —dijo Gómez mientras abrazaba a Miranda—. Pasé la mitad de la noche leyendo sobre el dengue en Internet y estoy más tranquilo. Sólo tengo seis casos, perfectamente aislados. Ya sé que el virus no se propaga por el aire, por estornudos o tos de los enfermos, sino por la sangre, y ninguno de mis pacientes tiene hemorragias abiertas, sino, solamente, los pequeños derrames subcutáneos que te mencioné: pero, por las dudas, nadie se les acerca sin bata, guantes y tapabocas. En mi cocina tengo café recién colado. Ven, deja que los otros descarguen el equipo.

—Café caliente: gran idea —asintió el doctor Miranda. Mientras cruzaban la calle, volvió a lo que le preocupaba.

—Qué bueno que no hay hemorragias abiertas. Pero me preocupan los mosquitos.

—Ya sé. Tengo a mis pacientes en dos cuartos con mosquiteros nuevos, intactos, en puertas y ventanas, y envueltos en una nube de insecticida. Además, en este pueblo queman corteza y resina de un arbusto que llaman palo agüitado que traen de la selva y que parece ser eficaz contra los mosquitos y la chinche chupona, ésa como cucaracha voladora que trasmite el Mal de Chagas. Pásale, estás en tu casa. Siéntate aquí: voy por el café.

Sirvió buen café chiapaneco y unos panecillos de miel que eran del día anterior pero que a Miranda le supieron deliciosos. Afuera apenas clareaba. Después de casi una semana sin lluvia, el día amanecía nublado y del mar soplaba una brisa salobre.

—Claro que la peste de los mosquitos crece con el calor —dijo Gómez—. Ahora, en verano, tenemos días de más de treinta y seis grados, pero hoy lloverá, como saludo a la distancia del huracán Julia, que se va para Dixieland. Cuando el aire sopla del mar hacia la costa, barre con los mosquitos: se reduce el peligro. ¿Más café?

—Sí —aceptó Miranda—. Y estos seis pacientes tuyos, ¿cómo se contagiaron? ¿Les falló el palo agüitado?

—Estos seis no son pescadores, como la mayoría de los hombres del pueblo. Me dicen que, en cambio, van con frecuencia a Belice a traer fayuca. Seguramente fue allá donde se contagiaron, en esas brechas que cortan los pantanos. ¿Qué pudiste averiguar acerca de Khalil? Según el Bemba y su amiga Sendelia, el doctor ya está probando un suero, un antígeno, una droga milagrosa. Dicen que ese hombre es un genio.

—Eso dicen. Estudió en la Sorbona y en el Instituto Pasteur, en París; trabajó con «Médicos sin Fronteras» en algunos de los lugares más peligrosos del mundo, en África, el Oriente

Medio y los Balcanes; y el año pasado dirigió una misión de la Organización Mundial de la Salud en las ciénagas del Darién, en la selva entre Colombia y Panamá. Es una leyenda viviente.

—Vamos por él. De aquí a Cayo Quimera son menos de treinta kilómetros, pero la brecha es infame. Mejor vamos a pedirle al Calamar, el líder de los pescadores, que nos lleve en su lancha. Al fin, es por la salud de su gente.

⚜

En Cayo Quimera el doctor Khalil, en uniforme de quirófano, guantes y tapaboca, auscultaba a los buzos que, hundidos en el sopor de la fiebre, parecían más trillizos que nunca. El profesor Preciado también usaba tapaboca pero espiaba desde el pasillo, sin acercarse.

Al fin Khalil concluyó su minucioso examen y salió del cuarto, hojeando atentamente la bitácora clínica que sus laboratoristas habían compilado para él.

—¿Se van a reponer? —urgió Preciado cuando el doctor, cerrando la puerta tras de sí, salió del cuarto de los enfermos.

—Hum... —zumbó Khalil, sin dejar de leer.

—¿Cuánto les tomará reponerse? —insistió el profesor.

—Por supuesto se van a reponer —dijo al cabo el doctor, cerrando el portapapeles con un leve chasquido—. Están evolucionando muy bien. En dos, tres semanas estarán como nuevos.

El profesor estaba profundamente contrariado.

—Carajo —se le escapó—. No podían elegir peor momento para enfermarse. Disculpe, doctor: por supuesto, me alegra que el mal no sea de gravedad, pero estoy en un aprieto muy serio... —dijo, se mordió levemente la punta de la lengua y de pronto se decidió.

—Ahora necesito su ayuda, doctor. Voy a hacerle una proposición muy beneficiosa para usted. ¿Podemos hablar en privado?

Pero no pudieron, porque en ese momento uno de los circunspectos laboratoristas se les acercó para anunciar que unos señores del gobierno deseaban hablar con el doctor Khalil.

⚜

Aunque nadie parecía tener hambre esta mañana, Sendelia insistió en preparar huevos con tocino, al menos para Khalil, porque —aclaró la mesera terminantemente— el buen doctor no había cenado la noche anterior y no era sano andar tantas horas con el estómago vacío.

Khalil y Preciado compartían su mesa de siempre con el doctor Miranda, Gómez y el Calamar, especialmente invitado en su calidad de líder de los pescadores de Puerto Balam.

—...en eso consiste mi antígeno —resumió Khalil, retomando lo que estaba diciendo cuando Sendelia los interrumpió para tomar sus órdenes—. No es un secreto; ni siquiera algo radicalmente nuevo, sino una nueva combinación de antivirales y antígenos que ya antes se habían ensayado. Por eso la Secretaría de Salud me autorizó a probarlo en humanos. Si lo aplicamos ahora en Puerto Balam, sólo será una ampliación del estudio que venimos haciendo en Nuevo San Juan Grijalva.

—Yo digo que debemos hacerlo —se pronunció Miranda—. Dado el caso, después nos disculparemos con la Secretaría de Salud: con la burocracia, siempre es mejor pedir perdón que pedir permiso.

Cuando Sendelia trajo los huevos con humeante tocino para los doctores Khalil y Miranda, el profesor Preciado cambió de idea y pidió, también, una porción, pero la mesera dijo que ya no quedaban huevos. El profesor se encogió de hombros, resignado, y Sendelia sirvió más café para todos.

Khalil fue el primero en apartar su plato e incorporarse:

—Bien, señores: a trabajar.

⚜

A media mañana el cielo seguía encapotado, pero aún no llovía. En vista del mal tiempo, esa madrugada los pescadores no habían salido a pescar y el Calamar y el doctor Gómez no tuvieron problemas para reunir a casi todos los jefes de familia, inclusive las viudas y madres solteras, en el jardín central del pueblo, alrededor del kiosco; y hasta el joven párroco salió de la iglesia para sumarse a su grey.

Gómez explicó que los seis enfermos que él guardaba en su casa al cuidado de dos matronas del pueblo y rodeados de máximas precauciones evolucionaban favorablemente, como dicen los médicos mientras esperan a ver qué pasa. Aclaró que la enfermedad no provenía del pueblo sino de Belice, adonde estos hombres, como todos sabían, iban con frecuencia. Y recalcó que, mientras mantuvieran los mosquitos a raya, el peligro de contagio era mínimo, casi inexistente.

—¿No hay vacuna? —preguntó con suavidad, desde la quinta fila, el joven cura.

—La buena noticia es que sí la hay y la tenemos muy a la mano —contestó el doctor Gómez, con mucho gusto. Y entró en detalles.

En ese momento llegaron al jardín el doctor Miranda y los boy scouts, engrosadas sus filas con la adición de Roxana, Cindy y los infaltables Octavio y Matías. Octavio llegaba listo para lanzarse a la acción, tocado con un gorrito blanco que, según él, era de enfermero, pero que más parecía de vendedor de paletas.

Miranda explicó al pueblo allí reunido que los boy scouts ya estaban entrenados en campañas de vacunación y que la señoritas Roxana y Cindy ayudarían a cuidar de los niños; mientras Octavio y Salim, en las lanchas del Bemba o del Calamar, según estuvieran disponibles, establecerían el puente marítimo para ir a Cayo Quimera por sucesivas remesas de antígeno, según se fuera necesitando.

—Y yo, ¿qué voy a hacer? —preguntó Matías.

El doctor Miranda pensó rápido.

—Tú quédate conmigo. Serás el oficial de enlace con la base militar, allá en el campo de golf. Ahora mismo ve y diles de mi parte que necesitamos dos o tres tiendas de campaña para instalar los puestos de vacunación, porque seguro va a llover.

Matías se sintió repentinamente como Miguel Strogoff, el mensajero secreto del zar, héroe de una novela de Julio Verne que el niño había leído en versión simplificada en *El tesoro de la juventud*; y partió al galope. El que no quedó muy conforme fue Octavio, quien, confesó en un aparte a su prima Roxana, tenía la esperanza de inyectar en las pompis a las hijas del Calamar, en especial la mayor; pero comprendió que no sería posible porque nadie quería enseñarle a inyectar.

A esa hora el doctor Khalil y sus laboratoristas se afanaban preparando antígeno en dosis inyectables, para los mayores, y embebidas en terrones de azúcar, para niños y bebés.

—El gran pendiente sigue siendo hallar la mercancía —pensó en voz alta Khalil.

—Sí, a ver si esta tarde podemos reanudar la búsqueda, discretamente —contestó un laboratorista que había alcanzado a decodificar lo que mascullaba el doctor. Pero Khalil sólo le prestó media atención, porque por la ventana estaba viendo a Preciado y Jean-Claude Melville, que se paseaban por los jardines, muy del bracete.

—Quisiera saber de qué hablan esos dos —volvió a pensar en voz alta el doctor.

—Perdón, doctor —titubeó el laboratorista—: ¿qué me dijo?

—Nada —cortó Khalil.

⚜

Cuando esa nublada mañana Melville acabó de desayunarse en su suite y bajó a la playa, primero del lado de la laguna y luego del mar, quedó desconcertado por la desaparición de sus alumnos de buceo. A lo lejos vio al Bemba, ocupado en una lancha, al extremo del muelle. Hacia él marchó el buceador y por el Bemba supo que los jóvenes alumnos no bucearían hoy, ocupados como estaban vacunando a toda la comarca. A Melville no le atraía la idea de acercarse al foco del dengue: en realidad, prefería alejarse, y pidió al Bemba que lo llevara a Cayo Quimera a visitar al buen amigo Wilson Preciado.

—Esta operación es mejor que ninguna de las que hicimos en el pasado —dijo Preciado mientras paseaban por los jardines, del bracete, a la francesa.

—Y, seguramente, más peligrosa —dijo Melville, con semblante preocupado y ojos brillantes—. ¿Cuánto hay para mí?

—Un millón de dólares ya depositados en una cuenta numerada, sin nombres, en un banco de Gran Caimán. Podría darte el número y el nombre del banco desde ahora, hasta ese punto confío en ti, pero no te aconsejo tratar de acercarte al dinero antes de hacer el trabajo.

—Dices que confías en mí, pero no me llamaste para ofrecerme participación. Yo sólo vine contratado para bucear con esos chicos.

—Pensé que no te necesitaría. Tenía a esos buzos, que sólo me costarían cien mil cada uno, y calculé embolsarme toda la paga. Es la verdad.

—Bueno, yo nunca habría ido a Chiapas por esos tenebrosos ríos subterráneos, plagados de... bueno, plagas. Ya ves lo que les pasó a tus buzos.

—Perdieron el empleo. Y podrían perder algo más, ya que en Chiapas, supongo, vieron demasiado.

—No sé.

—Afortunadamente, eso no me incumbe. Y a ti no te afecta, porque tú no has visto nada.

—Si vas a pagarme un millón a mí y cien mil a cada peón, y embolsarte tú otro millón o millón y medio... No puede tratarse sólo de reliquias arqueológicas.

—No. Pero tú no quieres saber, ¿verdad?

—No —dijo Melville—. No quiero saber. Y sí: cuenta conmigo. ¿Vamos a necesitar ayuda? ¿Cargadores, buceadores...?

—Sí, porque tendremos poco tiempo. Acaban de anunciarme el cambio de planes. En vista de que ese huracán Julia se enfilaba al norte, el Caribbean Splendor iba a tomarse su tiempo en Cancún, Playa del Carmen, Cozumel... donde hay más atractivos, vida nocturna, etcétera. Pero anoche Julia se detuvo en seco y está indecisa: puede seguir al norte, o echarse sobre Cuba, o venirse para Cancún. Ahora el crucero tiene orden de alejarse todo lo posible de la zona de riesgo. En vez de tocar Cayo Balam el domingo, como esperábamos, llegará mañana o pasado mañana y en vez de quedarse aquí todo un día, seguirá viaje en unas horas, a Belice, Centroamérica... puertos más seguros.

—¿Es muy voluminosa la carga? ¿Muy pesada?

—Sólo son veinte costales de cien kilos cada uno. Ciento veinte kilos cada uno, con todo y sus contenedores. Pero no tenemos que cargarlos: irán flotando hasta el barco. Y no tenemos que cargarlos a bordo: sólo adherirlos.

Melville se atusó nerviosamente el bigotillo de formato anchoa y se detuvo sobre los talones.

—No entiendo nada —confesó al fin.

—Por supuesto. Para entenderlo necesitas verlo.

Reiniciaron la caminata, ahora a paso vivo, hacia una construcción cuadrada de aspecto hermético y puerta de hierro, con cerradura de combinación. Antes de digitar los números de la clave, Preciado echó una cuidadosa mirada en torno, sin ver nada sospechoso. No advirtió la diminuta camarita de video adherida con *tape* a una rama del cerco de arrayán. La puerta, girando sobre goznes bien lubricados, se abrió sin ruido; ambos hombres entraron, cerraron a sus espaldas y Preciado encendió una luz.

—Bienvenido a mi bodega, la cueva de mis tesoros —dijo el profesor.

El lugar relucía de pulcro, los cuatro costados cubiertos del piso al techo por flamantes estanterías de metal gris, sólo en parte ocupadas por cajas y cajones grandes, medianos y pequeños, de madera de aspecto muy sólido y herrajes nuevos, todo cuidadosamente rotulado con claves alfanuméricas.

—Parece la bodega de un museo —dijo Melville.

—Lo es —asintió Preciado—. Aquí hay más de un millar de piezas arqueológicas de todo tipo, y aun cráneos y huesos humanos recogido de los cenotes, túneles y ríos subterráneos que hemos explorado el último año. Todo está en orden, perfectamente rotulado, fichado y fotografiado, a la espera de la inspección final del Instituto Nacional de Antropología e Historia, antes de ser trasladado al nuevo súper museo que el Instituto Superior del Mayab está construyendo en Mérida y que será el más moderno y ambicioso de América. ¿Qué tal?

—Que todo suena demasiado limpio para ser verdad. ¿Dónde está la trampa? ¿Muchas piezas son copias que los inspectores aprobarán previo pago del soborno, mientras los originales viajan al Smithsonian, o al British Museum o al de Berlín?

—No, porque nada de lo hallado es tan valioso. Nadie pagaría más que unos cuantos miles de dólares por estas cosas.

—Veo, querido Wilson, que con los años te has vuelto más exigente... o tienes un mejor negocio. ¿Por fin, dónde está la mercancía?

—Por acá. Ayúdame a mover esto.

Movieron un pesado arcón y dejaron al descubierto en el piso de concreto una trampa de metal reforzado y tan cuidada y lubricada como la puerta exterior de la bodega. Preciado alzó la tapa y reveló una rústica escalera de piedra que conducía a una cámara subterránea que sólo era, en realidad, ensanchamiento artificial de un tortuoso río subterráneo.

—Éste es mi embarcadero secreto —dijo Preciado—. Aquí está la mercancía, en esos contenedores.

Se refería a una veintena de cilindros metálicos, como los de gas LP de uso doméstico.

—¿Cilindros de gas? —exclamó Melville.

—Sí: reforzados, adaptados y sin gas, por supuesto.

—Muy ingenioso. Ahí va la mercancía, supongo. ¿Cien kilos en cada uno? ¿En total dos toneladas, de alto grado de pureza, debo suponer?

—Supones bien. Rebajado el producto y distribuido al menudeo, puede valer diez, doce millones. Y éste es sólo un primer embarque experimental, para probar el nuevo método de transporte. Imagina a lo que puede llegar el negocio cuando por estos rumbos se regularice el tráfico de cruceros, tres, cinco, diez, doce por semana.

—Fabuloso. El creador de este método es un auténtico genio…

—Gracias —murmuró Preciado, modestamente.

—Pero sigo sin ver cómo acarrear este cargamento, ¡dos toneladas!, a la nave y cómo meterlo a bordo.

—No cargaremos con los contenedores —explicó Preciado con paciente tono de maestro de kínder—, sino que irán flotando en unas «cunas» inflables que hemos diseñado con cámaras de neumáticos de camión, como las que usan los centroamericanos indocumentados para cruzar el Suchiate y meterse en México. ¿Ves ahí, en el rincón? Es el compresor para inflar las cámaras. O sea que no cargaremos con los contenedores, sino que los arrastraremos lentamente con nuestras lanchas Zodiac. Llegados a la nave, bastará con desinflar un poco las cámaras, para que los contenedores, por su propio peso, se hundan un poco, ochenta centímetros o un metro, bajo la línea de flotación, y queden en perfecta posición para adherirse.

Melville escuchaba hipnotizado, sin poder cerrar la boca completamente.

—¿Adherirse?

—Al casco. ¿Ves esos chichones («chipotes», dirían en mexicano) al costado de los contenedores? No son defectos ni malformaciones del cilindro: son imanes de fuerza máxima. Además, como te aseguro, nuestros patrocinadores tuvieron a bien adosar a los costados del Caribbean Splendor unos discretos soportes que nos servirán de guía y apoyo. ¿Qué tal si ahora vamos a comer? Yo desayuné sólo café.

Melville no tenía hambre pero sentía la boca reseca. Antes de hablar se mojó los labios con la lengua.

—No sé qué decir. Es fabuloso —carraspeó—. Aun así, necesitaremos ayuda. Son muchos cilindros.

—Sí —concedió el profesor—. Pero ya sé a quién recurrir. Vamos a comer.

⚜

Mientras Preciado y Melville tragaban una comida que Sendelia les sirvió de mala gana, se soltó por fin el aguacero acumulado desde la madrugada.

Khalil y sus laboratoristas seguían trabajando sin pensar en salir a comer, pero Sendelia se les presentó de pronto con una gran bandeja de comida y una cafetera humeante:

—Deben comer —dijo la mesera. Depositó la charola en la única mesa disponible y se marchó, cerrando la puerta tras de sí.

—Tiene razón —murmuró Khalil, pero, de momento, nadie abandonó lo que estaba haciendo. Cuando al fin empezaron, uno a uno, a separarse de los lugares de trabajo, lavarse las manos y enfocar la atención en la bandeja de comida, el café ya estaba frío y los sandwiches, pegajosos, pero no les importó.

—Con esta última remesa —dijo Khalil, con la boca llena— será suficiente para todos, incluso los soldados.

Arreciaba el chubasco y afuera, por los jardines, no andaba nadie:

—Voy ahora por mi cámara, antes que la lluvia me la eche a perder —dijo uno de los laboratoristas y salió mientras los otros terminaban de comer, se restregaban las manos en sus blancos mandiles y empezaban a empacar la última remesa de sueros y antígenos.

En pocos minutos el que había salido por su cámara regresó brincando y chapoteando. El chubasco ya amainaba, pero el laboratorista regresaba empapado. Alguien le pasó una gran toalla y él se enjugó las manos, la cara y la cabeza antes de sacar la cámara de su estuche de plástico transparente. Oprimió unos controles, espió por el visor y su sonrisa se ensanchó:

—Perfecto —dijo—. Se distingue seis de los siete dígitos: el último no se ve porque lo tapó con el pulgar.

—No hay problema —dijo otro de los laboratoristas—: del cero al nueve sólo hay diez posibilidades.

Repentinamente, por una de las ventanas se metió un rayo de sol. Khalil miró al jardín y vio que se acercaban Salim y Octavio, seguramente en busca de más antígeno.

—Bien, ustedes saben lo que hay que hacer. Ahora tenemos visitas —dijo el doctor.

⚜

El Operativo Vacunación —así llamado, aunque Khalil aclaró reiteradamente que lo que estaban aplicando no era una vacuna sino un antígeno— marchó más rápido que lo calculado porque sobraron los «vacunadores»: aparte de los médicos y los boy scouts, una docena de señoras del pueblo resultaron excelentes enfermeras porque tenían larga experiencia como comadronas y curanderas.

El violento chaparrón que cayó al mediodía fue aprovechado por los brigadistas que recorrían el pueblo casa por casa y los que atendían a la gente en dos grandes tiendas de campaña en el jardín central, para devorar, de parados y a saltos, las viandas provistas por comedidas matronas; y al caer la tarde ya no quedaba en el pueblo alma sin vacunar.

Sólo entonces se presentó el alcalde, un personaje inflado como el muñeco Michelin y, con voz que no necesitaba micrófono anunció para ese momento un acto cívico en honor del salvador de Puerto Balam, el insigne científico, doctor Salim Khalil y (agregó tras escuchar un breve cuchicheo del joven párroco) los eminentes doctores providencialmente enviados en auxilio de este pueblo atribulado, nada menos que por la presidencia y el heroico Estado Mayor Presidencial, etcétera.

De modo que Salim, Octavio, el Calamar y el doctor Miranda, constituidos en repentina comisión de honor, partieron de inmediato en busca del homenajeado.

La comisión tardó casi dos horas en regresar al jardín central con el homenajeado y el profesor Preciado, que, dijo, quería formular un especial anuncio ante el pueblo ahí reunido.

A la comitiva se habían sumado no sólo Melville, que con ojos europeos saboreaba a pleno pulmón el pintoresquismo de la escena, sino también el Bemba, por una vez muy serio y, colgada de su brazo, una radiante Sendelia de vestido rojo y flores en el pelo.

Para entonces el jardín central estaba iluminado con las luces de colores que sólo se usaban en las grandes ocasiones y el cantinero, igual de esmirriado pero lleno de bríos, repartía sin cesar tarros rebosantes de cerveza yucateca.

En el momento preciso, el alcalde trepó rebotando al kiosco central para usarlo como tribuna. Nadie escuchó su discurso, que ya antes habían oído en una decena de fiestas cívicas, pero todos aplaudieron generosamente.

Después habló Preciado y fue derecho al grano: como director del Programa de Exploración Arqueológica Subacuática y miembro del concejo directivo del Instituto Superior del Mayab, dijo, iba a proponer de inmediato la creación de un fondo especial para financiar el programa más ambicioso nunca emprendido en Mesoamérica para estudiar y combatir las fiebres hemorrágicas tropicales, empezando por el dengue, y al frente del cual se entronizaría al doctor Khalil. El programa significaría la creación de clínicas especializadas y de los laboratorios tecnológicamente más avanzados; y al menos seis hospitales del más alto nivel, empezando por uno aquí mismo, en Puerto Balam. ¡Y en las próximas horas o días, cuando llegue aquí el presidente de la República, el profesor Preciado, el alcalde, el párroco, los líderes de los pescadores y una comisión de los notables del pueblo hablarían con el Primer Magistrado para demandar todo el apoyo del gobierno federal al magno proyecto que, desde ahora, podían denominar «Programa Salim Khalil»!

Ahora el pueblo no se limitó a aplaudir: lo que sobrevino fue la más estentórea ovación que Puerto Balam había proferido jamás. La explosión fue tal que casi nadie observó que el doctor Khalil no tomó el micrófono que le tendían invitándolo a hablar y que, en cambio, se masajeó el cuello con fuerza, como si la camisa le ahogara las palabras.

Tras los discursos los ánimos quedaron tan exaltados que, aprovechando la noche límpida después de la lluvia, la abundancia de cerveza y las luces de fiesta, a alguien se le ocurrió poner música en la red de sonido municipal, y vertiginosamente el mitin escaló a baile popular.

Entre los primeros en salir a bailar una furiosa cumbia se contaron Octavio y la hija mayor del Calamar, ante la mirada patriarcal del progenitor de la niña; y en seguida se animaron Sendelia y el Bemba, Roxana y Esteban y Cindy y Miguel Ángel. Y el resto del pueblo, incluidos el alcalde y su esposa, las comadronas y curanderas y aun Preciado, Melville y el joven párroco, jalados al ruedo por un trío de robustas señoras; y todas y todos, unas y unos con pareja y otras y otros a solas, en un torbellino de risotadas.

El que no se lanzó a bailar fue Salim. En cambio, observando el ahogo emocional que sufría su padre, le habló casi al oído:

—Estás cansado, papá. Si quieres, te llevo a tu alojamiento: podemos usar la lancha del Bemba.

Khalil negó con la cabeza.

—No, no estoy cansado y todavía no tengo sueño. Pero necesito aire. Caminemos, ¿quieres?

Padre e hijo se escurrieron discretamente hacia la playa, lejos del ruido; y echaron a andar como la vez anterior, ida y vuelta al borde del agua. El primero en hablar fue Salim:

—En realidad, no me sorprende que resultes ser una buena persona —dijo el muchacho, como respondiendo a una pregunta propia, no ajena—. Nunca te imaginé como un monstruo. Recuerdo que cuando yo estaba chiquito, poco tiempo antes de irte, en uno de esos balnearios del Seguro Social, con mucha paciencia me enseñaste a nadar en una alberca llena de niños empujados al agua, «¡Nadas o te ahogas, escuincle chillón!», por unos padres barrigones que antes del mediodía ya andaban medio alcoholizados, muertos de risa. No sé qué pasaría con esos niños pero, al día siguiente, yo era el único que cruzaba la alberca braceando y pataleando, sin pisar, contigo por ahí cerca, por si las dudas. Y ahora soy el mejor nadador de mi patrulla de boy scouts.

—Yo tengo tanto que contarte y preguntarte, que no sé por dónde empezar —dijo Khalil—. Por ejemplo, ¿qué opinas tú de los gringos?

Quimioterapia

—CON ESA PREGUNTA me dejó estupifacto —dijo Salim.

—Estup*e*facto —corrigió Esteban.

—No. Estup*i*facto: mitad estúpido, mitad estupefacto.

—Personaje sorprendente el doctor Khalil —masculló el doctor Miranda, con la boca llena de huevo con tocino. Él y el doctor Gómez habían cruzado el puente para desayunar en Cayo Balam con los muchachos, en parte para platicar con ellos y en parte para evadir las raciones plastificadas que servían en el campamento del Estado Mayor Presidencial, del otro lado de la laguna.

—¿Y qué contestaste? —preguntó Miguel Ángel.

—Lo único que se me ocurrió fue contarle mi experiencia con los gringos de Naco, Arizona, el año pasado, cuando fui con mis primos de Naco, Sonora.

—¿Jugaron futbol, verdad? ¿Y tú anotaste dos goles?

—Bueno... En realidad, anoté uno, y el otro lo metió uno de mis primos, con un pase que yo le mandé. Les ganamos cuatro a uno y se pusieron furiosos porque perdieron el intercolegial.

—Es normal. Aquí siempre hay broncas cuando vienen a jugar los de Belice —dijo el doctor Gómez.

—Sí. Con los muchachos nomás fue cuestión de mentadas bilingües, empujones y patadas, pero la bronca se puso grave cuando de la cantina salieron unos tipos con bates de béisbol.

—Eso es más serio —dijo el doctor Miranda después de tragar—. ¿Y ustedes, qué hicieron?

—Nomás corrimos, creyendo que no nos iban a perseguir. Pero estaban drogados, no borrachos, dijeron mis primos; no se caían de borrachos sino que brincaban como canguros y nos tiraban piedras. A uno de mis primos le abrieron un tajo en la cabeza, que después tuvieron que darle cinco puntos. A otro de los sonorenses le dieron una pedrada a la mitad de la espalda, después estuvo tres días en el hospital, en observación.

—Animales —masticó Miguel Ángel.

—No tienen disciplina moral —opinó Matías.

Lo peor —siguió Salim— fue que, así drogados, corrían mas rápido que nosotros, que veníamos cansados del partido... Y en un recodo, ya a orillas del pueblo, nos salió otro grupo, con macanas, perros y trocas.

—Y lincharon a los mexicanos —dijo Matías con entusiasmo—. Tú fuiste el único que logró escapar. A mi papá sí lo alcanzaron y se lo echaron.

—¡Cállate, niño! —dijo Octavio, tan impresionado como el chiquillo—. ¿Y qué pasó? ¿Los lincharon?

—Nos salvaron. Los que traían perros y trocas eran de la Migra, y nos salvaron, porque los perros, al oler droga, no se vinieron contra nosotros sino contra los animales que nos perseguían. No porque fueran unos perritos muy buena onda, sino porque así están entrenados.

—¿Y tu opinión sobre los gringos? ¿Qué le dijiste a tu padre? —preguntó Miranda.

—Que los gringos de nuestra edad me parecieron unos cachorros torpes, como nosotros.

—¿Y los mayores?

—Animales.

—¿Y tu padre, qué dijo?

—Ahí viene lo difícil. Estuve pensando, tratando de sintetizar, porque sabía que usted me lo preguntaría, doctor. En síntesis, mi padre salió en defensa de los gringos.

Miranda apartó su plato, juntó sobre la mesa las manos con los dedos entrelazados y empezó a girar los pulgares uno en torno del otro, primero en un sentido y luego en el contrario.

—Hummm —se limitó a decir.

—¿Tu padre defendió a los gringos? —se asombró Esteban—. Creí que, como musulmán, era antiimperialista, enemigo de Estados Unidos... ¿No te contó que estuvo con los Médicos sin Fronteras auxiliando a los refugiados palestinos en el Medio Oriente? Los palestinos no simpatizan con los gringos.

—Mi padre cree que el pueblo gringo no es culpable de las barbaridades que hace su gobierno. Que el pueblo es arrastrado a guerras injustas como las de Vietnam, de Afganistán, Irak; y alianzas inmorales con regímenes genocidas, como el de Israel. Dice mi padre...

Miguel Ángel apoyó sus manazas de mecánico sobre la mesa, con peso suficiente para hacer tintinear vasos y platos.

—Pues esos gobiernos que arrastran al «inocente» pueblo gringo a cometer barbaridades —terció acremente—, esos «perversos» gobiernos son elegidos por ese mismo pueblo, ¿no? Elegidos y reelegidos, aun en plena guerra, ¿no?

—Hum —gruñó el doctor Miranda.

—...dice mi padre —continuó Salim sin apartarse de su huella— que el pueblo gringo es engañado, manipulado, embrutecido y drogado por la pluto..., ¿cómo se dice?, plutocracia.

—Gobierno de los ricos —aclaró Esteban.

—En parte estoy de acuerdo —dijo el doctor Gómez—. Cuando estaba en servicio activo me mandaron dos veces a tomar cursos en Fort Benning, en Georgia, donde fue a dar la antigua Escuela de las Américas que antes estaba en Panamá... Bueno: lo que siempre me impresionó es cómo le creen los gringos a la televisión. En México creemos en los comerciales pero no en las noticias. En Estados Unidos basta que lo digan los noticieros para que se vuelva verdad. Les lavan el coco.

—Mi padre dice que la plutocracia mantiene al pueblo drogado —retomó su hilo Salim—. Dice que el gran negocio de la droga empezó en Vietnam, cuando tenían que mantener a los soldados drogados para que aguantaran. Si se puede mantener a un ejército drogado, ¿por qué no a todo un pueblo? ¿Al menos a la mayoría? ¿Para mantenerlos dóciles y crédulos y, de paso, ganar miles de millones con el negocio de la droga?

—O sea —intervino Miranda sin dejar de revolver los pulgares— que, cuando en México combatimos al narco minamos el poder de la plutocracia gringa y ayudamos a rescatar de la enajenación al pueblo gringo?

—Algo así —asintió Salim.

—¡Pues es la doctrina oficial de nuestra Escuela Superior de Guerra! —prorrumpió el doctor Gómez—. Salim, tu padre se entendería muy bien con nuestros generales. ¿Verdad, Germán?

Miranda se disponía a contestar, pero Salim se le adelantó:

—Mi padre dice que bastaría curar la drogadicción: el pueblo gringo se sublevaría y aplastaría a la plutocracia. La mayor revolución de la historia, dice mi padre.

—Así de fácil —ironizó Miguel Ángel.

—Primero habría que hallar una vacuna contra la drogadicción —razonó Esteban—. Un antígeno, como el remedio de tu padre contra el dengue.

El doctor Miranda dejó de girar los pulgares y concentró la mirada en Salim, sin pestañear:

—Tu padre cree tener el antídoto.

—Sí. Dice que ya lo tiene.

—Por Dios —murmuró Esteban—: si resulta verdad, van a darle el premio Nobel.

—O asesinarlo, para que no divulgue su secreto. Si fuera verdad... —dijo Miguel Ángel.

En ese momento irrumpieron Roxana y Cindy, que temprano habían cruzado el puente para ayudar en Puerto Balam a las matronas que cuidaban y alimentaban a los pacientes en la improvisada enfermería montada por el doctor Gómez en su propio bungaló.

—¡Doctor! —dijo Cindy—. ¡La chicharra suena y suena en el cuartito de su radio!

—Y sus pacientes han mejorado tanto que ya quieren irse a sus casas —agregó Roxana.

—Parece que nos llama el deber —dijo Gómez, incorporándose. Miranda lo imitó:

—Sí, vamos —dijo y agregó, para Salim—: Después trataré de hablar con tu padre, para que me explique sus ideas.

Ambos médicos se encaminaron hacia el puente, a paso vivo.

—¿Vamos a bucear? —propuso Roxana.

—Pues, después del bailoteo de anoche, nuestro entrenador anda ausente —informó Esteban—. Anoche acompañó a su amigo el profesor a Cayo Quimera y todavía no regresa.

—Mejor —opinó Cindy—. Ya vimos el arrecife, y no creo que haya cambiado mucho las últimas cuarenta y ocho horas.

—¡Podemos explorar el río subterráneo, donde los mayas practicaban sacrificios humanos! —propuso Matías.

Cindy vio que Edelmiro Argüello se aproximaba al grupo y le habló por sobre los hombros de los muchachos.

—¿No es peligroso, don Edelmiro? ¿Meterse al río subterráneo?

—No, qué va. Sólo tengan cuidado con los escorpiones de mar, cuya ponzoña es mortal, y con las zarzas carnívoras, que...

—¡Ay, papá! ¡No asustes a los chicos! —interrumpió Roxana, más divertida que enojada—. Es mentira, por supuesto: cuando yo era chica, me contaba cuentos de miedo, con animales y plantas horribles, que yo debía dibujar en mi cuaderno de pesadillas. Decía que así se inmuniza uno contra el horror.

—¿Y te inmunizaste? —preguntó Matías—. ¿Ya nada te asusta?

—No sé. Lo que te puedo decir es que en cuarto grado, con mi cuaderno de espantos, gané el primer premio de arte escolar. Tengo un diploma. No hay peligro en el río subterráneo: yo misma he nadado por ahí muchas veces.

—No, no hay peligro —admitió Argüello—. Pero mejor vayan con el Bemba, que ahí viene. En el río están haciendo trabajos para acondicionarlo para los turistas, y no quiero que alguien salga lastimado.

En efecto, ahí llegaba el Bemba, que seguramente se había quedado a pasar la noche con su novia en Cayo Quimera.

El contingente se alistó en minutos. De alguna parte Matías sacó un *snorkel* extensible que, según él, le permitiría respirar en las cuevas más recónditas («Recóndito quiere decir oculto», aclaró el crío) y, para no ser menos, Octavio sacó a relucir unos goggles «ojos de gato», los cuales, aseguró, le permitirían ver en la oscuridad. Y el Bemba cargó con un gran rollo de cuerda para tender, dijo, una «línea de vida» en las profundidades.

⚜

Desde el puente Gómez y Miranda vieron que, más allá de la cortina de araucarias de Nueva Caledonia que bordeaba el campo de golf del lado del mar, unos soldados montaban una nueva tienda de campaña, no verde olivo como las del ejército sino de brillante color naranja.

—Parece que ya nos cayó nuestro ubicuo coronel Menéndez, que ayer andaba con el presidente de gira por Sonora —observó el doctor Miranda.

—Como diría Matías, «ubicuo» quiere decir que está en todas partes al mismo tiempo —rió Gómez.

—Le envidio esa tienda de campaña. Parece una suite de cinco estrellas: tiene su propio WC químico y regadera con agua caliente.

—Pues, a ver a dónde va todo a parar si nos llega Julia. Lo último que oí en la radio esta mañana es que empezaba a moverse.

—¿Otra vez hacia el norte?

—No: hacia el sur. Derecho hacia nosotros.

Cuando llegaron al bungaló de Gómez, fueron directamente a la «radio shack». Ya no sonaba la chicharra pero un LED intermitente indicaba que la grabadora automática guardaba una nueva grabación aún no escuchada.

Era un espinoso intercambio entre Máximo y Preciado:

—Antes de meter a un extraño en nuestro negocio usted debería haberme consultado... —dijo Máximo.

—Melville es de mi total...

—No me interrumpa. Si su amigo es tan confiable como usted dice, tal vez en el futuro trabajaré con él, no con usted.

—Yo no tengo la culpa del...

—No me interrumpa. No lo culpo a usted del dengue sino de no prever. Si hubiera previsto un adecuado *backup*, no tendría que echar mano ahora del primero que se aparece. Además, usted y Melville, solos, no podrán mover la mercancía y embarcarla en el poco tiempo disponible... ¡y en las narices del ejército y la armada!

—Los soldados no verán nada. La armada no se presentará por acá mientras esté el ejército, por los celos entre los almirantes y los generales. Y ya tengo tres, tal vez cuatro emergentes, como se dice en el béisbol.

—¿Sustitutos? ¿Quiénes son?

Ahí se cortaba la grabación. Gómez lanzó una sonora blasfemia.

—No debería blasfemar en presencia de superiores, capitán Gómez —dijo desde el vano de la puerta el coronel

Menéndez—. Y no debería dejar su puerta abierta cuando trabaja con material confidencial.

—Es que acabamos de perder una grabación de vital importancia, mi coronel —dijo el doctor Miranda—. Seguramente hubo un corte de energía...

—Sí lo hubo, hace un rato —explicó Menéndez—. Se produjo una avería en la red del pueblo por las sobrecargas que soportó anoche, con las luces y el sistema de sonido que usaron ustedes en su pachanga. Pero los electricistas del ejército, siempre al servicio de la comunidad, ya repararon la falla.

—Pero la grabación...

—La tenemos completa —los tranquilizó Menéndez—. Nuestros radioescuchas, allá enfrente, estaban usando nuestros propios generadores. Acabo de oírla completa: una conversación muy interesante entre ese señor Máximo, que todavía no sabemos quién es, y nuestro buen profesor Preciado. La noticia que les traigo es que el presidente canceló su visita porque Julia se nos viene encima. Pero antes, esta misma tarde, al anochecer, nos llegará ese crucero, el Caribbean Splendor, que viene huyendo del huracán. Sólo estará aquí unas horas, antes de seguir al sur, a refugiarse en Belice o más allá, en el Golfo de Honduras. Nuestros amigos de Cayo Quimera van a tener que moverse contra reloj si quieren cargar su mercancía en ese barco.

—Perdone, mi coronel, pero ¿no convendría pedir colaboración de la armada, con lanchas y hombres-rana, para sellar todo acceso a esa nave, por tierra y por mar...?

—No. Primero, porque el ejército no necesita ayuda; y segundo, porque el despliegue naval los ahuyentaría. En cambio vamos a dejar ese crucero varias horas sin vigilancia, a ver qué hacen. Que metan su mercancía a bordo. Antes de permitirle zarpar, vamos a esculcar esa nave centímetro a centímetro, desde la cabina del capitán hasta la última letrina. Preciado y su gente no podrán huir. Si no los agarramos en el barco los atraparemos aquí mismo, en Puerto Balam, o en Cayo Quimera: arrinconados por un huracán, no tienen escapatoria.

⚜

A esa hora, Preciado, Melville y Khalil tomaban un desayuno tardío, frío y levemente rancio. Eran los únicos en la cafetería.

—Sus buzos van a quedar como nuevos, profesor —dijo Khalil—. Todavía están algo adoloridos, a ratos mareados y un poco débiles, como superando una fuerte gripe, pero ya quieren ver el sol. Les permitiré salir al jardín, a respirar libremente.

—Pues si quieren sol tendrán que apurarse, porque ya se está nublando. Son las nubes que Julia empuja por delante —dijo Melville.

—Pero todavía están débiles —dijo Preciado, mirando al cielo por la ventana pero pensando en otra cosa.

—Sí, todavía es un nublado discontinuo, no compacto —aceptó Melville.

—El profesor se refiere a los buzos, no a las nubes —dijo Khalil.

Preciado había entrecerrado los ojos y observaba a sus acompañantes como calculando la distancia entre objetos lejanos.

—Todavía están débiles. No podrán ayudarnos a transportar la mercancía en tiempo, porque el barco estará en Cayo Balam unas pocas horas. Por eso necesito su ayuda y la de sus muchachos, incluido su hijo, doctor. Y para usted, todo lo que anoche le prometí con el pueblo de Puerto Balam como testigo: todo lo que necesite para laboratorios, clínicas e investigaciones. Y éste es sólo el primer embarque, para probar el método. Cuando la escala de cruceros de Cayo Balam empiece a funcionar plenamente, enviaremos tal vez dos, tres cargamentos por semana. Haga usted sus cuentas. Cuando se repongan mis buzos, podremos integrar dos equipos, para aligerar el trabajo y tener siempre un *backup team* —dijo el profesor, repitiendo la frase usada por Máximo un rato antes.

—Por el valor que le asigna, imagino que su mercancía debe de ser voluminosa, pesada… e ilegal. ¿Cómo piensa meterla a bordo, a la vista del ejército? —preguntó Khalil con pura inocencia, como si no conociera la respuesta.

Preciado le contestó sin tapujos: grandes cilindros metálicos provistos de poderosos imanes para adherirse al casco de la nave en soportes especiales ya fijados debajo de la línea de flotación; «cunas» inflables para arrastrar los cilindros amarrados a lanchas Zodiac; y sigilo, esfuerzo y paciencia. Cada lancha podría remolcar dos cilindros en cada viaje: en total, dos viajes redondos de sólo cinco lanchas. La maniobra podía completarse en tres horas o menos; pero iban a calcular cinco, para tener amplio margen de seguridad.

—Es un plan brillante —dijo Khalil con total sinceridad—. No esperaba menos de usted.

—¿No necesita conocer la naturaleza del embarque?

—No, porque me lo imagino —contestó el doctor con verdadera franqueza.

—Deduzco que acepta el trato.

—Usted no me habría revelado lo que ya me contó si no hubiera dado por segura mi aceptación.

—Así es.

—En cuanto a mis ayudantes, cuando les mencione la paga de cien mil dólares por cuatro o cinco horas de trabajo, no harán más preguntas.

—¿Y su hijo?

—No sé. Todavía no lo conozco lo suficiente. Prometió venir a visitarme esta tarde, después de comer con sus compañeros boy scouts. Entonces voy a sondearlo.

—Por el bien del muchacho, no le diga nada, nada específico, antes de estar seguro de él. La ayuda del chico puede venirnos bien pero no es indispensable. A la menor duda o vacilación, déjelo completamente fuera: será más seguro para él.

—Comprendo. Ahora voy a hablar con mis ayudantes.

Khalil se alejó como siempre, caminando como coolie, y dejó la cafetería. Melville se quedó contemplando el suave vaivén de la puerta a espaldas del doctor:

—Nunca dijo que sí. En realidad, no se comprometió —dijo el buceador, atusándose el bigotillo—. Y tú le ofreciste mucho dinero.

—No importa. Es trato hecho —aseguró Preciado.

—Pues sí —aceptó Melville—. Además, prometer no empobrece.

⚜

Ni los más viejos pobladores de Puerto Balam sabían de dónde provenía el aún caudaloso río subterráneo que desembocaba ante las costas del pueblo, en la laguna de Cayo Balam. Sólo sabían que sus aguas eran limpias y todavía abundantes, con un muy ligero sabor metálico, y que nunca se había enfermado nadie por beberlas. Sin embargo, previendo alguna futura escasez y para no dar excusas a los ecologistas, los estrategas de Cayo Balam ya construían, en unos terrenos más allá del campo de golf, una planta desalinizadora de agua de mar capaz de abastecer no sólo al Cayo sino a todo el pueblo, si alguna vez era necesario.

Lo que los de Puerto Balam no sabían, porque nunca habían visto los mapas subterráneos del profesor Preciado ni se habían aventurado por la gruta tan profundamente, era que este su río era sólo uno de los dos ramales en que se dividía un caudal mayor y más hondo, a casi treinta kilómetros de la costa, en el laberíntico subsuelo de Yucatán.

Lo cual no impedía a los lugareños gozar plenamente de su río, al punto que las mujeres preferían bajar a la gruta a lavarse el cabello porque, decían, no sólo se los mantenía sano y fuerte sino que le daba unos reflejos casi dorados.

Al menos en sus primeros kilómetros tierra adentro, el curso subterráneo no era estrecho sino ancho y de alta cúpula, de modo que se podía explorar en bote de remos. Tampoco era sombrío, porque de trecho en trecho la cúpula tenía aberturas naturales —a veces, grietas entre las piedras; a veces, anchas claraboyas— por donde penetraban rayos de sol que iluminaban la gruta con un suave resplandor entre verde y azuloso. Jean-Claude Melville decía que este escenario se parecía a la Grotta Azzurra, la famosa Gruta Azul de Capri, pero en Puerto Balam nadie podía confirmarlo porque nadie había ido nunca más allá de Chetumal o ciudad de Belice.

—Lo que ahora están construyendo —recitó el Bemba, aprovechando la resonancia de la gruta y tratando de imitar el acento caribeño de Melville— son esas banquetas y esos puentecitos colgantes para que los turistas puedan visitar el río sin mojarse.

El contingente se desplazaba en dos botes de fondo plano, como bateas. El primero era impulsado por el Bemba con una larga pértiga; como de trajinera de Xochimilco; en el segundo empezaron remando Esteban y Miguel Ángel, pero pronto fueron relevados por Roxana y Cindy, porque ellos no se daban maña.

—Antes el río traía más agua: el nivel llegaba a tapar la boca de ese túnel angosto que desemboca ahí, en la pared de ese lado, entre las dos piedrotas verdes —dijo el Bemba, señalando con su pértiga—. Por ahí, sumiendo la barriga, yo lograba pasar y arrastrarme hasta otro río, más grande que éste, que da varias vueltas y al fin desemboca en Cayo Quimera. Pero, ahora, sobre la desembocadura de aquel río, construyeron una bodega y ya no se puede pasar. Además, cuando bajaron las aguas, el tunelito quedó seco y ahora es cueva de murciélagos: ya verán cómo salen al atardecer.

—¡Sirenas! —rebuznó Octavio—. ¡Las oigo cantar!

Cantaban pero no eran sirenas sino chicas del pueblo, entre ellas las hijas del Calamar, que se lavaban el cabello en un recodo del río. Como andaban escasas de ropa, cuando vieron llegar a los exploradores huyeron en desbandada, trepando por unas rocas que servían de peldaños para alcanzar una abertura en el techo de la cueva.

Siguiendo con la vista la huida de las chiquillas, por la claraboya en la cúspide vieron que ya no entraba sol, sino tan sólo un resplandor plomizo.

—Parece que se nubló —dijo el Bemba—. Mejor regresemos, antes de que nos caiga la tormenta.

Cuando emergieron de la gruta comprobaron que, efectivamente, el cielo se había encapotado y, aunque aún no llovía, del mar soplaban rachas húmedas. Todos se apresuraron para llegar al hotel, quitarse los mojados trajes de baño y ponerse ropa seca para bajar a comer. Esteban y Salim se quedaron unos metros atrás, viendo cómo el viento movía el ramaje de las araucarias.

—¿Y? ¿Qué vas a hacer con tu padre? —preguntó Esteban.

—Avisarle que van a matarlo —contestó Salim.

⚜

A esas horas el doctor Khalil experimentaba la mezcla de alivio y vacío que provoca el quedarse sin dudas ni pendientes. También los laboratoristas, aunque ojerosos tras una noche de mucha tensión y poco sueño, se desperezaban como gatos satisfechos:

—En cada contenedor van veinte costalitos con cinco kilos cada uno. Por suerte los costales son de tela, una especie de manta rústica, muy resistente, no de plástico. Eso nos permitió inyectar el producto a través de la tela, sin necesidad de abrir los costales uno por uno. En esa tela burda nadie notará los piquetes y los costales parecerán intactos. Tomó horas, pero inyectamos hasta la última gota.

—Sin dejar huellas.

—Como fantasmas.

—Ahora esperar a que el Caribbean Splendor llegue a la cita.

—Llegará al anochecer —dijo Khalil—. Vayan a dormir, para estar descansados esta noche.

⚜

—Van a tratar de matarte cuando sepan que tienes una vacuna capaz de arruinarles el negocio más grande del mundo. Voy a quedarme contigo, a ver si puedo protegerte. Por favor, papá —dijo Salim esa tarde cuando quedó a solas con su padre en Cayo Quimera.

—Nunca dije que fuera una vacuna —se apresuró a aclarar Khalil—. Si fuera una vacuna sólo serviría para inmunizar a gente sana, en especial niños, y no para curar a los ya adictos. Una vacuna se logra desarrollando un agente patógeno de virulencia atenuada, para provocar la reacción inmunológica sin enfermar al individuo. Varios investigadores independientes vienen trabajando en eso desde hace años y con poco resultado, porque nadie los apoya. Si se invirtiera en esas investigaciones lo que se invierte para crear nuevos desodorantes, nuevas tinturas para el pelo, tendríamos vacunas desde hace años. Pero los gobiernos no quieren acabar con la drogadicción, sino aprovecharla.

—Si saben que descubriste un remedio, van a matarte.

—Por eso no lo divulgo.

—Pero no podrás tratar a cientos de miles, millones de adictos sin que nadie lo note. No es lo mismo que curar el dengue en un pueblecito perdido de la península de Yucatán.

—No, no es lo mismo, pero he hallado un modo encubierto de tratar a miles de enfermos sin moverme de Cayo Quimera y sin que nadie pueda evitarlo.

—No entiendo. Necesitas movilizar brigadas, visitar uno por uno los domicilios de los enfermos, convencerlos para que se dejen inyectar... Te van a matar antes de que llegues a la primera esquina. Yo creo que de veras eres un genio, papá, pero estás un poco pirado... bueno, confundido. Con todo respeto.

—No tengas cuidado. Ésa es precisamente la impresión que quiero causar: un sabio loco pero inofensivo, un profesor chiflado como aquél de la película de Jerry Lewis, ¿recuerdas?

—No. No sé de quién me hablas.

—No importa. ¿De veras quieres quedarte conmigo, tratar de protegerme, ayudarme en esta misión?

—Sí.

—Te creo. Entonces, voy a explicarte mi plan. Caminemos.

⚜

Mientras recorrían los intrincados jardines de Cayo Quimera, Khalil hizo un esfuerzo para evitar tecnicismos y poner su explicación al alcance de un muchacho quinceañero. Abundó en ejemplos y comparaciones. En una sociedad, dijo, la drogadicción es como el cáncer en el organismo: se enclava primero en los órganos más vulnerables, como los pulmones del fumador, para desde ahí expandirse e invadir los huesos, el hígado, el aparato digestivo, los riñones. Se infiltra buscando los puntos más vulnerables: a medida que avanza, el organismo se debilita y ofrece cada vez menor resistencia.

A Salim le surgían preguntas que su padre oía pero no escuchaba plenamente, como urgido de continuar su discurso.

—Al cáncer lo combatimos con métodos radicales, sin cuartel *no* podemos darle tregua. Si el tumor está bien localizado, accesible, lo atacamos con cirugía y radiaciones. Si sospechamos que ya empieza a diseminarse, lo que llamamos «metástasis», recurrimos a la quimioterapia. O empleamos todos los métodos al mismo tiempo. Así debemos proceder con el cáncer de la drogadicción, que ya hizo metástasis en la sociedad estadunidense y se extiende al resto del mundo, empezando por México. Tenemos que recurrir a la quimioterapia. En eso consiste mi remedio: quimioterapia.

—Todavía no entiendo cómo vas a distribuir y aplicar tu medicina. ¿Qué, los drogadictos van a comprarla en la farmacia? ¿La van a aplicar en la Cruz Roja? ¿O la van a distribuir gratuitamente, como condones?

Khalil se detuvo en seco para enfrentar a su hijo muy de cerca, nariz a nariz. Salim pensó que la mirada fija de su padre parecía penetrar hasta la nuca:

—Mi producto va a ir mezclado con la droga, en especial la cocaína —dijo el doctor sordamente—. No, no digas nada: déjame explicarte. La mezcla es indetectable. A los pacientes les bastará con probarla una o dos veces. El producto tendrá pleno efecto en pocas horas. Dispongo de dos toneladas de cocaína de alto grado de pureza, ya tratada con mi producto y acondicionada en contenedores especiales para contrabandearla a Estados Unidos en ese crucero que llegará esta tarde a Cayo Balam. Dos toneladas, «cortadas» y rebajadas por los distribuidores y minoristas, se convertirán en cientos de miles, no, millones de dosis. Será un golpe decisivo. ¿Lo ves?

Salim sólo asintió con la cabeza, sin palabras, porque se le había secado la garganta. Khalil siguió con urgencia.

—Dices que eres buen nadador. ¿Nos ayudarás esta noche a cargar ese barco? Tendremos pocos brazos y el tiempo contado. ¿Nos ayudarás?

Salim volvió a asentir, mudo pero decidido.

Alas en la noche

SALIM PENSABA frenéticamente pero no hallaba nada que valiera la pena decir.

En un gesto de inesperada camaradería, Khalil había apoyado un largo y flaco brazo sobre los hombros del hijo y así caminaban por el angosto atracadero, tratando de acoplar el paso, con Salim en parte conmovido y en parte incómodo por el desacostumbrado roce físico con su padre.

A lo largo del atracadero se alineaban media docena de lanchas Zodiac amarradas a gruesos aros de hierro. Aún no eran las cuatro de la tarde y la brisa del mar apenas agitaba las ramas de las palmeras que bordeaban el atracadero, pero el cielo ya se veía plomizo, pesado.

—Se huele la tormenta —dijo Khalil—. La oscuridad y la lluvia van a ayudarnos a llegar al barco sin ser vistos, en esas lanchas inflables que parecen frágiles pero son muy poderosas. Preciado tiene un buen plan. Ah, aquí está.

Preciado y Melville emergieron de un sendero trasversal, tomados del bracete y sumidos en su charla.

—Profesor —saludó Khalil—, éste es mi hijo, Salim. ¿A Melville ya lo conoces, verdad, Salim?

Melville se limitó a menear la cabeza en señal de saludo y Preciado no tendió la mano para estrechar la del muchacho, sino que lo examinó de arriba abajo, con mirada de comprador de caballos.

—Sí, parece fuerte; y aquí, Melville, dice que es buen nadador —dictaminó el profesor—. ¿Nos va a ayudar?

A Salim le chocó que Preciado no le hablara directamente. Se cruzó de brazos y contestó «golpeado», estilo norteño.

—Estoy aquí para ayudar a mi padre.

Preciado siguió dirigiéndose a Khalil, no al muchacho.

—Hablando de ayuda, doctor, ¿cree que mis buzos están suficientemente repuestos como para darnos una mano? ¿Ya no hay riesgo de que nos contagien la enfermedad? Veo llegar la tormenta y me preocupa el poco tiempo que tendremos.

—Riesgo de contagio no existe. Y tal vez podrían ayudarnos. Son hombres muy fuertes. Deles café negro para espabilarlos, pero no les permita probar alcohol: se «cruzaría» con los medicamentos.

—Gracias. Me avisarán por radio cuando el Caribbean Splendor atraque en Cayo Balam. Lo tendré al tanto, doctor.

Cuando Melville y el profesor se alejaron, Salim se volvió hacia su padre.

—Ya lo vi discursear en el jardín del pueblo. Es un sangrón; y Melville parece un gato: a mí no me gustan los gatos, pero nunca imaginé que fueran narcotraficantes.

—Tampoco lo imaginaste de mí —repuso Khalil, parsimoniosamente—. Todos somos lo que no parecemos.

⚜

—Los médicos no lo saben todo —dijo Preciado a su amigo Melville tan pronto como se alejaron de Khalil y Salim—. Yo sé con qué despabilarlos. Necesitamos algún recipiente: vamos a la cafetería.

En la cafetería no hallaron a nadie, ni siquiera a Sendelia tras el mostrador. De una de las mesas tomaron una azucarera y la vaciaron en un cenicero. Enseguida se encaminaron a la bodega, descendieron al embarcadero subterráneo, quitaron el cabezal roscado de un cilindro y de uno de los costales tomaron una muestra del contenido. Volvieron todo a su lugar, cerraron el embarcadero y la bodega y se dirigieron a la enfermería, donde los buzos enfermos aún estaban confinados.

Hallaron a los pacientes sin vigilancia y con la puerta sin llave, pero tan aburridos que ni se les ocurría salir de su encierro.

—Esto los ayudará a revivir, muchachos. Por ahora, sólo una probadita, para abrir el apetito. Más tarde tendremos más.

⚜

A las cinco de la tarde ya había oscurecido tanto que las células fotoeléctricas que gobernaban la iluminación en Cayo Balam empezaron a encender las luces. Las nubes parecían un toldo gris, tan bajo que casi rozaba las copas de los árboles. La brisa del mar se había convertido en ráfagas entrecortadas, no frescas sino tibias, como el aliento de un animal. En ese escenario se materializó de pronto el gigantesco Caribbean Splendor, iluminado como árbol de Navidad y reptando apenas sobre las aguas, hasta detenerse ante el muelle. Fue un momento al mismo tiempo solemne y descorazonador. No sólo Edelmiro Argüello, el Bemba y los trabajadores de Cayo Balam , sino toda la gente de la comarca, llevaban más de dos años —desde que se puso la primera piedra en el desarrollo— imaginando el clímax, el momento en que llegaría el primer crucero entre un arrebato de música, cantos, fuegos artificiales. Y ahora llegaba perseguido por un huracán y bajo un cielo asfixiante, para ser recibido en el muelle por la solitaria desgarbada figura de Edelmiro Argüello, ya que todos, desde el presidente, el cardenal y Armando Sílber, hasta el abotagado alcalde de Puerto Balam y la patética banda municipal se habían excusado de asistir, intimidados por el huracán.

Roxana, Cindy y los muchachos contemplaban la escena desde la segunda fila.

—Qué desilusión —dijo Roxana—. Pobre de mi papá, siempre tan solo.

⚜

En el campamento del Estado Mayor, en el campo de golf, arrellanado en una amplia silla de lona de color naranja como su tienda de campaña, el coronel Menéndez repasaba a través del walkie-talkie el posicionamiento de los observadores que había desplegado para vigilar las idas y venidas en torno del Caribbean Splendor: Los vigilantes, emplazados en el techo del hotel, el campanario de la iglesita del pueblo e inclusive la copa de dos altos árboles, tenían rigurosas instrucciones de no dejarse ver y estaban dotados no sólo de binoculares sino de visores infrarrojos, en previsión de un apagón.

Pocos metros más allá, los manejadores de los perros rastreadores de drogas y explosivos administraban a sus pupilos raciones de alimento, con apenas lo justo, ni un hueso de más ni una croqueta de menos, para que a la hora de inspeccionar el gran barco que se mecía junto al muelle no estuvieran ansiosos de hambre ni abúlicos de tan hartos.

Del otro lado de la calle, el doctor Miranda se paseaba malhumorado a la puerta del bungaló del doctor Gómez. No le gustaba la algarabía de los perros allá enfrente. No le gustaba que Salim se hubiera ido con su padre y aún no regresara. No le gustaba el cielo de plomo. No le gustaba el viento que maltrataba las buganvillas y dólares del camellón. No le gustaba el café recalentado que Gómez le había ofrecido un rato atrás. Y tampoco le gustaba desconocer todavía, con el Caribbean Splendor columpiándose suavemente ante el muelle, la identidad y ubicación de Máximo.

—Estás de malas, camarada —dijo el doctor Gómez, saliendo del bungaló.

—Sí —asintió el doctor Miranda con total franqueza.

—Pues tengo dos buenas noticias.

—Identificaron a Máximo.

—No, pero intercepté una comunicación suya con otro vecino, no sólo nuestro profesor Preciado. Adivina quién.

—El hippie avejentado; Argüello. Era obvio. Por aquí no abundan los teléfonos satelitales. Por supuesto, era él quien mantenía a Máximo al minuto con las novedades. Supongo que ahora le habló para avisarle que el barco ya había llegado… un par de horas adelantado, calculo.

—Sí. Por uno de esos misterios de la electrónica, sólo logro interceptar el teléfono de Argüello cuando él llama, no cuando recibe llamadas.

—¿La segunda noticia?

—Máximo tiene mejor información meteorológica que nosotros. Según él, Julia se ha detenido una vez más y ya no se dirige directamente al suroeste, a Cozumel. Parece estar girando hacia el sur...

—¡Ésa no es buena noticia! ¡Se nos viene encima!

—No. En Miami, según Máximo, calculan que se enfilará directamente al sur, tal vez al sur-sureste, al Golfo de Honduras. En este momento, dice Máximo, le están ordenando al Caribbean Splendor que se quede aquí unas horas más, a ver qué hace Julia. Después podrían ordenarle que se regrese al norte en vez de seguir hacia el sur. Eso nos da más tiempo para esculcar a fondo ese barco. Vamos a avisarle a Menéndez.

—Bueno. También les da más tiempo a los contrabandistas para meter el contrabando a bordo —dijo el doctor Miranda mientras cruzaban la calle a saltos.

⚜

Aún sentado en su sillota ante la tienda color naranja, Menéndez los recibió con una sonrisa mediana y otra noticia, buena a medias:

—Al fin ubicamos el yate de Máximo —dijo el coronel. Bueno, la DEA lo hizo, al sur de las Bermudas, tal como nosotros les dijimos.

—Qué raro —dijo Miranda—. Hace apenas unos minutos se comunicó con otro de sus contactos aquí, ese tal Edelmiro Argüello. ¿Cómo pudo hacerlo, si está bajo arresto de la DEA?

—No está bajo arresto —dijo Menéndez—. Ni siquiera sabemos si en verdad existe en carne y hueso o sólo es una voz. Todo lo que encontraron en el yate fue una tripulación de tres haitianos que dicen no hablar inglés y un equipo radial que nomás retransmite las comunicaciones de Máximo, de y hacia... cualquier parte en el mundo. La DEA está llevando ahora el yate con todo y tripulantes a Guantánamo, donde van a hacer hablar a los haitianos no sólo en inglés sino también en sánscrito, pero no creo que sepan nada de valor, mucho menos el paradero de Máximo.

—¿Sabe qué pienso, mi coronel? —intervino Gómez—. Este Máximo podría tener más de un yate dando vueltas por ahí. Podría, inclusive, tener un equipo retransmisor del tamaño de una laptop, manejado por una sola persona, a bordo de cualquier barco en cualquier lugar del mar. No necesariamente un yate transoceánico: podría transmitir desde un carguero cualquiera. Cualquier nave: inclusive el Caribbean Splendor, aquí presente. Pero tengo más noticias.

A continuación Gómez reportó lo que de Máximo había aprendido sobre el curso de Julia y las nuevas órdenes para el Caribbean Splendor.

⚜

A esa hora los resucitados buzos del profesor Preciado, a bordo de cinco lanchas Zodiac, se acercaban sigilosamente al gran crucero amarrado al muelle de Cayo Balam. Reducida la velocidad al mínimo y silenciados los poderosos motores al límite de casi sofocarlos, las lanchas no surcaban sino que reptaban como fantasmas sobre el agua. El escaso ruido que producían se ahogaba en la marejada, pero no eran invisibles: como presagio del huracán, el cielo ya estaba negro y el mar, fosforescente. Sin embargo, los vigías del coronel Menéndez no miraban al mar sino que tenían las miradas clavadas en el muelle.

Medio centenar de metros antes de llegar a la nave los tres buzos y dos de los laboratoristas del doctor Khalil , todos enfundados en trajes de neopreno rigurosamente negros, se deslizaron al agua y nadaron como sombras, arrastrando las «cunas» neumáticas con un contenedor cada una. En total llevaban cinco contenedores, no diez como antes había calculado Preciado, porque el mar estaba más agitado de lo previsto. A bordo de las lanchas dejadas al pairo (a la espera, inmóviles, habría traducido Matías si hubiera estado presente) quedaron Salim, Khalil, Preciado y el cuarto laboratorista.

Los buzos rebozaban vitalidad y destreza. Nadando sin salpicar, llegaron al crucero, se sumergieron acariciando el acero de la nave, detectaron al tacto los soportes donde debían enganchar los cilindros y los adhirieron uno a uno, sin producir más que un sordo clic cuando los imanes se pegaban al casco.

En minutos, los buzos regresaron con las «cunas» vacías y las lanchas, con la misma cautela con que habían llegado, se alejaron de regreso a Cayo Quimera.

Antes de repetir la operación los buzos se excusaron brevemente, tal vez para ir al baño, tal vez para administrarse otra dosis del reconstituyente que les había recetado el profesor Preciado. Volvieron al trotecito, ansiosos de continuar con el segundo cargamento. Esta vez la operación se facilitó porque ya el mar estaba tan negro como el cielo, y el peligro de ser avistados era nulo. Pero de regreso en las lanchas los buzos trajeron malas noticias: del lado de babor que el crucero ofrecía ahora al mar, sólo había soportes para diez contenedores; y la banda de estribor, del lado del muelle, resultaba inaccesible para los buzos.

—¿No es posible cargar dos cilindros en cada soporte? —preguntó Khalil cuando, de vuelta en Cayo Quimera, todos se reunieron en el embarcadero subterráneo, contemplando los diez relucientes cilindros que no sabían cómo cargar.

—No —respondió el buzo Número Uno, a quien sus compañeros tildaban de más educado—. Los ganchos son estrechos.

—Sin embargo, los imanes... —empezó a decir Melville.

—No: cargar todos los contenedores del lado de babor provocaría un desequilibrio de una tonelada que, me figuro, sería detectado por los instrumentos de navegación. Además, no confío tanto en los imanes: en mar picado y a regular velocidad, podrían soltarse... y cada cilindro extraviado causaría una pérdida millonaria. Mis patrocinadores jamás lo perdonarían —sentenció Preciado.

—Pues habrá que esperar al próximo crucero —dijo el buzo más educado—. Ahora, si nos dispensan, mis compañeros y yo tenemos que ir al baño.

—Momentito —dijo Salim—: yo sé cómo llegar al otro lado, ¿cómo se llama, estribor?

⚜

—¿Vigía Cuatro? Aquí Jefe Halcón —ladró Menéndez después de haber interrogado infructuosamente, por cuarta vez en las últimas dos horas, a los vigías Uno, Dos y Tres.

—Aquí Vigía Cuatro —crepitó por el walkie-talkie la voz del soldado emplazado en lo alto del campanario—. Sin novedad, Jefe Halcón. Hace un rato me pareció ver un reflejo en el mar, pero no era nada, Jefe Halcón: tal vez un ave marina.

—¡Vigía Cuatro! ¡No lo puse ahí para ver el paisaje, sino el muelle! ¡No deje de ver el muelle ni para pestañear!

—Sí, mi coronel, digo, mi Jefe Halcón —crujió el soldado. Furioso, Menéndez oprimió el *switch* del walkie-talkie sin molestarse en proferir el consabido «cambio y fuera».

—Qué gente —gruñó el coronel—. Me pregunto qué nos pasaría si tuviéramos una guerra.

—Tal vez perderíamos, como siempre —murmuró Gómez.

—¿Cómo dice, capitán? —Menéndez giró en su gran silla para enfrentar a Gómez, pero Miranda habló primero:

—Ya les hemos dado casi tres horas y a ese barco no se acercan ni las moscas. A lo mejor el contacto se hizo antes de llegar aquí el crucero, mi coronel. Creo que deberíamos abordar con todo y perros y revisar la nave de arriba abajo, antes de que inventen una excusa para zarpar y dejarnos papando moscas. Con todo respeto, mi coronel.

—Puede que tenga razón —dijo Menéndez. Se puso de pie bruscamente, dejando caer la silla a sus espaldas, y empezó a dar órdenes.

⚜

Nuevamente reanimados, los buzos del doctor Preciado regresaron a brinquitos al embarcadero subterráneo y se plantaron en fila, sonrojados y relucientes como pinos de boliche.

—Tiene razón Salim —estaba diciendo Melville, atusándose el bigotillo y sonriendo al mismo tiempo—. Debí pensar en eso, pero ya tengo hambre y con el estómago vacío se me debilita el cerebro. Pero efectivamente el mar entra y sale libremente, circula bajo ese muelle. Yo mismo he buceado ahí abajo, buscando moluscos. Por supuesto, debe de estar negro como intestino de sapo, ja, ja.

Para sorpresa de Melville, acostumbrado a que nadie festejara sus chistes, los tres buzos lanzaron sendas carcajadas.

—La oscuridad no importa —dijo Salim—. Por supuesto, ahora está oscuro en todas partes. Pero bajo el muelle podemos usar linternas porque no podrán vernos a través del piso del muelle, que es una sólida losa de concreto.

—Bravo, doctor —dijo Preciado—. Su hijo le salió inteligente.

Nuevamente Preciado se había dirigido a Khalil, ignorando a Salim, y el muchacho volvió a salirle al cruce.

—Gracias, profesor: qué amable.

Pero Preciado optó por no oír el sarcasmo.

—Sí —se limitó a decir—. Manos a la obra.

De inmediato empezaron a cargar contenedores en sus «cunas».

—Esta vez yo también voy a sumergirme, para guiarlos bajo el muelle. ¿Me acompañas, Salim? Tú y yo llevaremos las linternas —dijo Melville.

Salim asintió y todos se enfundaron en neopreno.

⚜

La irrupción militar en el Caribbean Splendor fue lo bastante escandalosa como para ahogar cualquier ruido que pudiera provenir de bajo del muelle.

Excepto por un par de aburridos oficialitos, la mínima tripulación del crucero («*skeleton crew*», explicó uno de los imberbes) y el puñado de invitados de gorra que venían en la nave, estaban siendo agasajados en uno de los salones del hotel, devorando canapés y bebiendo en exceso bajo los auspicios de Edelmiro Argüello, quien ya les había exhibido las maquetas y videos de Cayo Balam y no sabía qué más mostrarles, en vista de que la noche y la inminente irrupción del huracán no propiciaban un tour al aire libre.

El que volvió de carrera a bordo tan pronto como le avisaron del cateo militar, fue el capitán, un noruego flaco, alto, de impecable uniforme almidonado y apellido impronunciable.

El marino presentó la más formal protesta en noruego, inglés y español, alegando violación de las leyes del mar y el derecho internacional: pero Menéndez, que no simpatizaba con los hombres de mar, le respondió que debía dirigirse a la embajada de México en Oslo, la cual, a la sazón, estaba acéfala por licencia de su excelencia el señor embajador, aquejado de gota.

⚜

Mientras tanto, bajo el muelle, los buzos de Preciado, guiados por las linternas de Melville y Salim, colocaron en sus ganchos los contenedores once, doce, trece, catorce y quince, y se disponían a ir por más, cuando uno de ellos, demasiado vivaz, chocó de cabeza contra uno de los pilares de la estructura. Aminorada por el casco de neopreno, la colisión sólo produjo un tajo de no más de dos centímetros en la sien derecha del buceador, pero el sujeto pareció quedar tan aturdido que sus compañeros tuvieron que sacarlo casi en vilo.

Cuando regresaron al embarcadero subterráneo, plenamente iluminado, vieron que, en efecto, la lesión del buzo (el Número Dos) no era grave, pero sangraba profusamente y el hombre seguía atontado. Decidieron llevarlo a la enfermería para vendarle la herida. Entonces se produjo el segundo accidente de la noche: al ayudar a cargar con el compañero herido, al Número Tres se le dobló un tobillo, resbaló, se dio de cara contra la pared de piedra y empezaron a sangrarle la boca y la nariz. Aquello sacó de quicio al Número Uno que, a pesar de ser el más educado, no se contuvo:

—¡Carajo, pinche buey pendejo! —escupió con furia—. ¿No ven dónde pisan? ¡Yo también estoy mareado de cansado, pero tenemos que terminar! ¡Sólo falta un viaje!

Khalil vio que, efectivamente, el hombre parecía fatigado, y decidió prevenir más incidentes:

—Vaya usted con sus compañeros —dijo el doctor—. Descansen: trabajaron demasiado. Nosotros llevaremos los últimos cinco contenedores. ¿Podemos?

—Sí, podemos —contestaron Salim y Melville—. Ahora, con linternas, es más fácil.

⚜

Mientras tanto, en el gran crucero semivacío la operación militar seguía de babor a estribor, de proa a popa, de cubierta en cubierta, del puente de mando a la sala de máquinas, de camarote en camarote, de cabina en cabina, de cucheta en cucheta, de alberca en alberca, de *jacuzzi* en *jacuzzi* y de letrina en letrina, sin olvidar las cocinas, las despensas, el gimnasio, la biblioteca, la sala de cine y teatro, el *nightclub*, el casino, las bodegas de refacciones, los talleres de mantenimiento los gabinetes de masajes, la peluquería y salón de belleza y aun los huecos de los elevadores; pero soldados y perros no hallaron nada.

Al cabo dejaron sólo una guardia en los accesos del muelle a la nave y se fueron pisando fuerte, sin saludar. Cuando recuperó el pleno control de su navío, el capitán del Caribbean Splendor informó que había recibido órdenes de permanecer al abrigo de Cayo Balam momentáneamente, hasta confirmar el cambio de curso de Julia, que ahora parecía enfilarse al sur-sureste, al Golfo de Honduras. Si esto se confirmaba, tan pronto recibiera luz verde e incluso sin esperar el amanecer la nave zarparía hacia el norte, no el sur, para alejarse a toda máquina de la zona de peligro.

⚜

Efectivamente, las linternas facilitaban la maniobra bajo el muelle, pero transportar los últimos cinco contenedores fue la parte más agotadora del trabajo de los contrabandistas: la oscuridad impenetrable, los aullidos del viento y el fragor del oleaje eliminaban todo peligro de ser oídos o vistos; pero el vendaval y la marejada hacían muy difícil dominar las ligeras lanchas Zodiac, ni siquiera forzando los motores al máximo.

El viaje de regreso fue aún más agitado: sin el contrapeso de los contenedores, las Zodiac no parecían navegar sino encaramarse al tope de cada ola para enseguida lanzarse de clavado e inmediatamente volver a brincar, como potros furiosos. Los hombres tenían que usar todos los músculos del cuerpo sólo para aferrarse a bordo y no ser arrojados al mar.

Cuando al fin lograron meter las lanchas en el embarcadero subterráneo de Cayo Quimera, estaban tan extenuados que ni aliento tenían para festejar el éxito. Se quitaron los trajes de neopreno y en cambio se pusieron la ropa sudada que habían dejado en un rincón, junto a la escalera. Algunos se pusieron prendas ajenas, sin mirarlas siquiera, o se encajaron la ropa del revés. Uno a uno fue trepando por las gradas de piedra que conducían a la superficie, el café caliente, la ropa seca, el abrigo bajo techo, pero no lo hacían a saltos sino penosamente, ayudándose con las manos, como cuadrúpedos.

En la cafetería no se sentaron sino que se desplomaron sobre las sillas que hallaron más a mano. Algunos apoyaron los antebrazos y aun la cabeza sobre las mesas, como los niños que se duermen después de comer. Con los brazos duramente cruzados sobre el pecho, Sendelia los observaba desde el mostrador, como dispuesta a regañarlos. Pero no dijo nada y en cambio les llevó tazas y una cafetera caliente.

El primero en tragar su ración de café e incorporarse fue Preciado: —Voy a ver a mis buzos —farfulló antes de marcharse arrastrando los pies. Pero un momento después regresó casi corriendo: —Doctor, venga, por favor. Es urgente.

El tono del profesor fue tan apremiante que todos abandonaron sus tazas y siguieron a Khalil. Se agolparon a la entrada de la enfermería.

—Creo que están muertos —dijo Preciado con una voz que le salió repentinamente aguda.

—Que nadie entre —ordenó el doctor, pero nadie le obedeció. Sin embargo, apenas traspusieron la puerta todos se detuvieron en seco porque se les cortó la respiración.

Los buzos Dos y Tres, todavía con zapatos y trajes de neopreno, yacían inmóviles en sendas camas y parecían haberse ahogado en su propia sangre, que todavía les manaba de bocas, narices y oídos. El Número Uno, el más educado, estaba en el suelo, tratando de incorporarse. Tenía los ojos rojos y el rostro amoratado, pero sonreía, como buscando disculparse por tanto desfiguro. Incluso quiso hablar, pero en vez de palabras le salió un borboteo y una bocanada de sangre antes de desplomarse.

—Que nadie entre, que nadie los toque —ordenó Khalil en tono inapelable—. Mis ayudantes y yo tenemos trajes, máscaras, ropa protectora: nosotros nos haremos cargo. Ahora, ¡salgan todos!

Todos obedecieron, en tropel. El doctor también salió y cerró la puerta a sus espaldas, con doble vuelta de llave. A la luz de la crisis, se le borró de la cara el aire contemporizador y en su lugar quedó el rostro de la autoridad. Con sus largos dedos aferró a Preciado por los hombros y lo hizo girar sobre los talones, para verlo a la cara.

—¿Qué les hizo? ¿Qué les dio?

—No les di alcohol, doctor. Se lo juro —balbuceó el profesor.

—¿Qué les dio?

—Sólo un par de gramos, doctor, para reanimarlos. Apenas lo que cabe en una azucarera. ¿Verdad, Melville?

—Imbéciles —sentenció Khalil con furor helado—. Ustedes los mataron.

Los acusados retrocedieron de espaldas a la pared, sin hablar, rodeados de cerca por los cuatro ceñudos laboratoristas. Sólo Salim se paró ante su padre.

—¿Es tu vacuna, papá? ¿Hubo un error de laboratorio? ¿No la habían probado en ratones, conejos, changos...?

Khalil fijó en su hijo una mirada turbulenta.

—No es una vacuna. Como te dije claramente, es... quimioterapia. Acaba con las células cancerosas que han hecho metástasis en la sociedad, para salvar al organismo social.

—Las células cancerosas de que hablas, ¿son los drogadictos? Por supuesto, comprendo que acabando con los enfermos, se acaba la enfermedad. ¿Qué les pusiste en la cocaína: dengue hemorrágico?

Khalil quedó un momento en silencio, contemplando a su hijo con aquel fulgor en la mirada que Salim ya le había visto antes, cada vez que su padre se refería a temas que de veras le importaban.

—El dengue hemorrágico —dijo al fin el doctor, pacientemente— sólo es fatal en menos del diez por ciento de los casos. La cocaína que ahora va en ese barco a Estados Unidos es portadora del virus del Ébola modificado para hacerlo trasmisible por vía respiratoria. Los enfermos lo absorben junto con la cocaína. El efecto es muy rápido, y el índice de fatalidad supera el noventa por ciento. ¿Sigues conmigo, Salim?

Salim se quedó viéndolo con lo que parecía una réplica juvenil de la fervorosa mirada del doctor:

—Lo que ya hice ya lo hice, papá, y no puedo deshacerlo —dijo el muchacho—. Lo que me pregunto es qué pasa en el cerebro de un médico como tú, educado para salvar a la gente, cuando en cambio empieza a matar a los enfermos.

—Suficiente —dijo Khalil con un tono repentinamente lejano—. Como hijo mío debes respaldarme, no juzgarme. Guárdenlo en lugar seguro —ordenó a sus ayudantes—, para que descanse y reflexione. Lo mismo a estos dos —agregó señalando a Preciado y Melville—. Los tres por separado y cada uno amarrado a su propia cama, para que no tramen más idioteces.

⚜

En tiempo de vacaciones en Cayo Quimera había decenas de dormitorios vacíos. A Salim lo encerraron en un cuarto desde el cual se oían los estallidos del mar y los latigazos de las ramas de los árboles en la fachada y las ventanas. Cuando lo dejaron solo, el muchacho forcejeó largo rato con sus ligaduras, hasta casi lastimarse las muñecas y los tobillos. Al fin pensó que aquellos laboratoristas tal vez habían sido boy scouts en la adolescencia, por la perfección de sus nudos; y más agotado por la tensión nerviosa que por la fatiga física, decidió tratar de dormir, aunque fuera con un ojo abierto.

Así vio que la puerta del cuarto se abría silenciosamente en la oscuridad y que la sombra de una mujer se materializaba a su lado. Sin duda era un sueño, tal vez una pesadilla. El fantasma olía a clara de huevo batida a punto de turrón.

—¿Mamá? —susurró Salim, sin abrir el otro ojo.

—No hagas ruido —ronroneó la sombra—. Soy Sendelia: te voy a ayudar a escapar.

Sendelia cortó con un cuchillo de cocina las cuerdas con que habían amarrado a Salim y ayudó al muchacho, que cojeaba por la falta de circulación en sus tobillos, a escurrirse al jardín y, deslizándose a la sombra de los muros y evitando las ventanas, alejarse de los edificios. El viento no amainaba, y en la costa el mar rompía con estruendo de artillería.

—Estoy confundida, no sé qué pensar, no sé qué hacer... —confesó Sendelia cuando se detuvieron a tomar respiro—. No puedo creer lo que oigo de tu padre. Yo lo tenía por un santo. ¿Seguro que ese canalla de Preciado no le hizo algún embrujo o le dio algún brebaje, algún cocido maligno?

—Algo de eso. La verdad es que mi papá se volvió loco. Tengo que llegar a Cayo Balam y avisar lo que sucede.

—Imposible con ese mar y este viento —dijo Sendelia—. Tendrás que esconderte, esperar a que pase la tormenta y, con la luz del día...

—Es más grave de lo que crees, Sendelia. Ese barco puede zarpar en cualquier momento: tengo que avisarles que lo detengan. Es cosa de vida o muerte.

—Pero no hay manera —insistió la mujer.

De pronto Salim recordó algo y el rostro se le iluminó, lo cual resultó invisible en la negrura de la noche:

—Creo que sí hay manera. Pero tendrás que ayudarme, Sendelia.

⚜

El doctor Miranda, Gómez, las chicas y los muchachos contemplaron desde los ventanales de una de las cafeterías de la segunda planta, el inútil ajetreo militar; y después, cuando la mayoría de los soldados fueron retirados de la escena, el lento procedimiento de reembarcar a los invitados y tripulantes, que antes de abordar eran esculcados como delincuentes por los guardias dejados con ese fin por el implacable coronel Menéndez.

El capitán del crucero estaba tan disgustado que mandó hacer sonar la sirena de la nave cada cinco minutos, para apresurar el reembarque. Pero los soldados de Menéndez tenían orden de proceder con pachorra azteca, y eran muy obedientes.

—Ya deben de tener el contrabando a bordo, aunque los soldados no lo hayan encontrado, porque a ese barco le urge escaparse —refunfuñó Esteban.

—Si vuelve hacia el norte, seguirá en aguas mexicanas y podríamos interceptarlo en cualquier momento —dijo Gómez.

—Si mi coronel Menéndez superara su inquina y pidiera ayuda a la armada —murmuró Miranda por lo bajo—. De lo contrario, con la velocidad de que es capaz, ese crucero saldría de nuestras aguas en doce o catorce horas.

—A mí no me importa el contrabando —dijo Roxana— sino Salim. ¿Dónde está? Ya sé que fue a visitar a su padre, pero ¿por qué no ha regresado?

—Lo secuestraron y se lo llevan en ese barco, entambado. Está amarrado y amordazado, tal vez narcotizado: por eso no pudo gritar y los soldados no lo descubrieron —opinó Matías.

—No. Debe de estar secuestrado en Cayo Quimera por esos tipos que el otro día querían lincharme. Pura venganza —intervino Octavio.

—Chicos, chicos —los apaciguó Miguel Ángel—: miren

el viento, miren esas olas. Nadie puede ir ni venir de Cayo Quimera hasta que pase el huracán. ¿También Melville está allá, verdad? Quedaron varados en Cayo Quimera, esperando que amaine, pero Salim, aunque es un irresponsable, no corre peligro, porque está con su padre.

—Padre —dijo Roxana—. ¿Por qué no se me ocurrió antes? Mi papá tiene un teléfono satelital y en Cayo Quimera deben de tener otro. Voy a comunicarme y preguntar por Salim —y partió a la carrera.

Se quedaron un rato en silencio, oyendo los estallidos de la marejada, tan intensa que incluso la mole del Caribbean Splendor, aun sujeta al muelle con diez o doce gruesos cables de acero, se mecía ominosamente. La sirena seguía restallando cada cinco minutos.

—Es sólo guerra de nervios entre el capitán de la nave y nuestro coronel —dijo Gómez—. No van a zarpar antes de que amaine. En el peor de los casos, siempre podríamos alcanzarlos con los helicópteros.

Esteban caminó hacia la ventana, como si pegando la nariz al vidrio pudiera ver mejor en la negrura del cielo y el mar.

—Tengo una idea, Octavio —cuchicheó Matías, pero Octavio no le prestó oídos, porque estaba observando como el pensativo Miguel Ángel se frotaba el labio superior con la yema del dedo índice de la mano derecha:

—Te rasuraste el bigote —dijo Octavio.

—Es mi culpa —terció Cindy—. Yo le dije que empezaba a parecerse a Melville.

Miguel Ángel iba a hablar, pero lo interrumpió el regreso de Roxana:

—Imposible comunicarse —dijo la chica—. No contestan, o se cayó el satélite, o algo.

—Octavio, tengo una idea —repitió Matías, muy bajito. Y alzando la voz, agregó—: Voy al baño. Ya vengo.

⚜

En el embarcadero subterráneo de Cayo Quimera habían quedado abandonadas no sólo las lanchas Zodiac sino también, tirados aquí y allá, los trajes de neopreno y las linternas. Salim y Sendelia no se molestaron en ponerse los trajes, pero recogieron las linternas y echaron a andar los motores de una de las lanchas, para remontar la corriente. Navegaron lentamente río arriba por casi media hora, a veces regresando un trecho para repasar con la luz de las linternas las escabrosas paredes de la caverna, hasta dar con la boca del pasadizo que, esperaban, debía conducirlos a Cayo Balam.

Para alcanzar la negra abertura en la piedra Salim literalmente trepó por la espalda de Sendelia hasta pararse sobre los hombros de la mulata. Desde ahí le fue fácil meterse de cabeza en el pasadizo. Luego, ya seguro allá arriba, se revolvió hasta sacar la cabeza y los brazos y, afirmándose en muslos y rodillas para no resbalar, aferró las manos y muñecas de Sendelia y la izó, ayudado por las fuertes piernas de la muchacha, que clavaba los pies en cada relieve de la roca, como un chimpancé escalando el tronco de un baobab. Cuando ambos estuvieron arriba se tendieron en el piso de piedra, tratando de recuperar el resuello.

—Hay que ir con cuidado para no tropezar, porque este piso está muy resbaloso. Debe ser moho —dijo Salim cuando tuvo aire suficiente para hablar.

—No es moho —dijo Sendelia—. Es suciedad de murciélago. Procura respirar por la boca, para no oler. ¡Vamos!

Mientras tanto, en Cayo Balam, Matías corrió al baño y un minuto después lo siguió Octavio. Se encontraron en los mingitorios:

—Tengo una idea genial —repitió Matías.

—Debe de ser una burrada —opinó Octavio.

—No. Yo sé cómo podemos ir en secreto a Cayo Quimera y rescatar a Salim: por la baticueva.

—¿La qué?

—La caverna de los murciélagos que nos mostró el Bemba. Por ahí llegamos al río subterráneo de Cayo Quimera. No nos esperan por ahí. Les caemos por detrás, los descontamos fácilmente y rescatamos a Salim de las garras de los plagiarios.

—Ándale. Total, la velada está muy aburrida.

Matías sabía dónde guardaba el Bemba las linternas y las cuerdas para tender la «línea de vida»; y los botes de remos estaban ahí, asegurados sobre la arena. Arrastraron uno al agua, se embarcaron y empezaron a remar río arriba, recorriendo las paredes de la gruta con los ojos de luz de las linternas, buscando la entrada de la «baticueva».

—Nos van a morder los vampiros, pero, ni modo: los hombres no lloran —reflexionó Octavio en voz alta.

—¡Ahí está! —prorrumpió Matías gozosamente—. ¡Mira cómo entran y salen los murciélagos! ¿Sabías que transmiten la rabia? Debimos traer cascos protectores. ¡Ayúdame a trepar!

—Qué cascos ni cascos. Debimos traer un par de AK 47 o al menos unos tranchetes de esos que cargan los moros. A ver, pisa aquí y yo te empujo, para que trepes.

Matías se encaramó primero, cargando la «línea de vida», y desde arriba dejó caer un extremo de la reata, para ayudar a Octavio a trepar.

Los murciélagos no los atacaron pero en aquella cueva sin agua se vieron repentinamente hundidos hasta las rodillas en una pasta del color y consistencia de sopa de lentejas, y un olor amoniacal que llegaba al cerebro.

—¡Mi Dios! —chilló Octavio—. ¿Qué es esto? ¡Parece...!

—Mierda —precisó Matías—. Estiércol de murciélago. Procura no tropezar, para no caerte en... eso.

⚜

Al otro extremo de la «baticueva» Salim y Sendelia echaron a andar con pie de plomo para no resbalar. Avanzaron como gusanos metro tras metro, tratando de clavar los pies en el suelo y las manos en las grietas de las paredes, hasta que al agotado Salim se le dobló una pierna y cayó de bruces. Sendelia se arrodilló para ayudarlo a incorporarse, pero no le alcanzaron las fuerzas y también ella quedó adherida a la gruesa alfombra de excremento:

—No sé qué pensar, no sé qué creer, no sé qué hacer —dijo la mujer entre hipos y arcadas—. Tengo tanto asco que me quiero morir —y se echó a llorar en silencio, tratando de no respirar y casi ahogándose con lágrimas y moco.

Repentinamente, al fondo de la oscuridad se encendieron dos ojos amarillos. Eran las linternas de Matías y Octavio:

—¡Uno para todos, todos para uno! —rugió Octavio a modo de saludo y su voz provocó una andanada de ecos en la caverna.

Soltando amarras

AUNQUE EL CORONEL Menéndez se moría de impaciencia, debió esperar a que la tormenta se moviera hacia el sur y el sol empezara a emerger, reluciente como náufrago recién bañado.

También los resucitados de la «baticueva» estaban recién bañados, pero ellos sentían que todavía olían a estiércol de murciélago.

—¿Huelo a caca? —preguntó Matías a Roxana, discretamente.

—No, mi amor: hueles a héroe —contestó la chica y le estampó un sonoro beso.

En ese momento a Salim no lo besuqueaba nadie porque se había dormido en el *jacuzzi* y sus amigos habían tenido que enjuagarlo, secarlo, envolverlo en toallas y meterlo en cama para dejarlo dormir el resto del día.

Cuando el sol aún no se despegaba totalmente del horizonte, los doctores Miranda y Gómez y una decena de soldados enfundados en trajes protectores y dotados de equipo de descontaminación, abordaban los helicópteros del estado mayor presidencial para brincar a Cayo Quimera.

En el muelle de Cayo Balam, mientras tanto, el coronel Menéndez y sus hombres mantenían bloqueado al Caribbean Splendor, para impedirle soltar amarras y zarpar. La ronca sirena de la nave ya no sonaba cada cinco minutos porque los militares también habían tomado control del puente de mando.

⚜

La mayor contrariedad de Menéndez era que entre sus hombres no contaba con buceadores para mandarlos a ver si era verdad la fantástica historia de Salim sobre cilindros de acero adheridos al casco del barco bajo la línea de flotación y cargados con dos toneladas de cocaína envenenada. ¿Debía resignarse a pedir ayuda a la armada y, después de convencer a los almirantes de que no estaba borracho, esperar horas, tal vez días, la llegada de un grupo de burlones y soberbios hombres-rana? ¿O debía confiar en el capitán del crucero, que decía tener buenos nadadores entre sus marineros, capaces de limpiar el casco de toda «adherencia», a cambio de que les permitieran zarpar sin más dilaciones? ¿Podía Menéndez confiar en unos marinos extranjeros que tal vez eran cómplices de los contrabandistas? ¿O era mejor permitir que la armada, no el ejército, cosechara los laureles de haber interceptado un gran contrabando de drogas —en el menor de los supuestos— o haber desbaratado un pavoroso complot bioterrorista, si resultaba verdad la historia de Salim?

Esteban, Miguel Ángel y Octavio irrumpieron bruscamente en las cavilaciones de Menéndez.

—Nosotros podemos sumergirnos a inspeccionar ese casco, coronel. Estamos bien entrenados.

Menéndez los miró sin pestañear por casi un minuto. Al fin habló.

—Si lo pienso dos veces voy a decir que no. De modo que vayan: ¡Ahora! —Los muchachos partieron a la carrera y, revolviéndose en su sillota color naranja, el coronel aún les gritó, haciendo bocina con las manos—: ¡Pero no toquen nada, eh? ¡No traten de mover esos cilindros, si es que existen! ¡Nomás miren e informen!

—Sería el golpe terrorista más grande de la historia —gritó Miranda casi al oído de Gómez, para hacerse oír en el ruido del viento y los rotores—. A nivel calle, los narcomenudistas pueden convertir dos toneladas de cocaína pura en siete mil, ocho mil, tal vez diez mil dosis. Si el virus de Khalil resultara letal en sólo el ochenta por ciento de los casos, esa droga provocaría más muertes que los atentados contra las famosas Torres Gemelas de Nueva York en ¿cuándo fue? ¿2001?

—Más del doble —gritó Gómez—. En las Torres murieron apenas tres mil.

—¿Y el pánico? ¿Te imaginas lo que harían en las calles de Nueva York, Los Ángeles o Chicago miles de drogadictos furiosos, desesperados al enterarse de que los están matando? ¿Al ver morir a otros, desangrados?

—Prepararse para tocar tierra —ordenó el piloto. Casi no había terminado de hablar cuando la máquina se posó bruscamente en el desierto helipuerto de Cayo Quimera, entre un reguero de ramas y hojas que el viento había arrancado de los árboles. El sol brillaba sobre el apacible tiradero, pero no se veía un alma ni se oía una voz. Por las dudas, los soldados saltaron a tierra armas en mano y tomaron posiciones defensivas.

—¿Por qué se llama «quimera» este lugar? —preguntó el doctor Miranda en voz baja, para no quebrar la quietud.

—No sé —contestó Gómez en el mismo tono—. Pero recuerdo que los biólogos llaman «quimera» a un virus combinado con material genético ajeno, de otro organismo.

«Eso es lo que supuestamente hizo Khalil para que el virus del Ébola pueda meterse por la nariz, no sólo por la sangre», pensó el doctor Miranda. Y agregó en voz alta.

—Hay que ponerse máscaras y guantes, ahora.

Con sus blancos trajes protectores y máscaras anticontaminación, los soldados parecían alienígenas. Cautelosamente, como pisando terreno minado, examinaron los edificios cuarto por cuarto, sala por sala y pasillo por pasillo antes de franquear el acceso a los médicos. En el dormitorio donde habían encerrado a Salim hallaron junto a la cama las cuerdas que Sendelia había cortado para liberar al muchacho.

En la cafetería, el laboratorio, las oficinas, aulas y dormitorios, no había nadie. En la enfermería se toparon con los cadáveres de los tres buzos del profesor Preciado: a la luz del día y encapsulados en sus costras de sangre coagulada, los cadáveres parecían menos reales, como muñecos de un museo de cera.

No hallaron rastros de Preciado, Melville y los cuatro lacónicos ayudantes de Khalil. En el embarcadero subterráneo encontraron a Khalil, sentado como faquir en la escalera de piedra que conducía a la bodega.

—Al descubrir que Salim había escapado, los otros huyeron —dijo Khalil apaciblemente—. No sé qué tan lejos irían en esas lanchitas en medio de la tormenta. Yo me quedé a esperarlos porque tengo un trato para proponerles.

⚜

Cuando los muchachos le informaron que, efectivamente, había veinte cilindros adheridos al casco del Caribbean Splendor, el coronel Menéndez se resignó a pedir ayuda de un escuadrón especial de hombres-rana de la armada, entrenados para manejar sustancias peligrosas. Mientras esperaba a los marinos, puso bajo arresto preventivo al capitán, los tripulantes, el ahora atribulado Edelmiro Argüello e incluso a los pasajeros del crucero, todos bajo sospecha de complicidad con los contrabandistas.

⚜

Los cadáveres recogidos en Cayo Quimera, cuidadosamente envasados en bolsas herméticas, fueron enviados esa misma tarde por avión desde Chetumal a un laboratorio militar, en un lugar no especificado. En la misma nave se llevaron al doctor Khalil, mientras su hijo Salim aún dormía.

Esa misma tarde, como si hubieran estado al acecho por ahí cerca, aterrizaron en Cayo Balam tres helicópteros de la armada con personal especializado en el manejo de explosivos y contaminantes. Despegar del casco del Caribbean Splendor los veinte cilindros de acero, cargarlos en sus naves y partir de regreso a la base naval de donde provenían les tomó menos de dos horas.

En cambio, ni la armada ni el ejército pudieron hallar en mar o tierra el rastro de Preciado, Melville y los laboratoristas fugados de Cayo Quimera. Tal vez no se los había tragado el huracán sino Belice, donde los soldados y marinos mexicanos no podían incursionar sin permiso.

También esa tarde llegó de la capital la orden de liberar al Caribbean Splendor y sus tripulantes y pasajeros. En cuanto a Edelmiro Argüello, también quedó en libertad, por falta de pruebas: la intercepción telefónica hecha por el doctor Gómez no podía, por ilegal, ser usada en contra del viejo hippie.

El Caribbean Splendor zarpó lanzando un rugido de sirena, lo cual, cuando ya casi se ponía el sol, despertó a Salim, quien por un rato no pudo recordar ni su nombre.

⚜

Tan pronto como recuperó la memoria, Salim se vistió de prisa y salió en busca del doctor Miranda. Lo encontró paseándose por el muelle con las manos tomadas a la espalda, viendo al Caribbean Splendor achicarse a la distancia:

—¿Qué van a hacer con mi padre, doctor?

—No sé, Salim. Él nos propuso un trato: a cambio de no ir a la cárcel, se ofrece a crear para nosotros armas biológicas con las cuales defendernos contra los gringos.

—Pobrecito. Está loco.

—Sí, pero es muy peligroso.

—¿Qué van a hacer con él?

—Creo que pasará largo tiempo en tratamiento psiquiátrico.

Ese mismo día los gobiernos de México y Estados Unidos acordaron no divulgar nada de lo sucedido en Cayo Quimera, para no dar ideas a los terroristas. Amadeo Mendoza captó unos interesantes rumores pero los «altos mandos», así llamados por ocupar despachos en el piso treinta del edificio de la televisora, le ordenaron no andar creyendo en conspiraciones y complots.

Pocas horas después de la partida del Caribbean Splendor de Cayo Balam, Edelmiro Argüello comunicó a los muchachos que al día siguiente el Lear jet del Grupo Sílber los llevaría de regreso a la capital: —Lo malo del amor y las vacaciones —dijo el marchito hippie— es que acaban.

Como despedida, los muchachos armaron una fogata en la playa para asar salchichas. Se sentían bien y canturrearon un rato en torno del fuego, pero el ambiente no era de jolgorio sino de soterrada incertidumbre, como de viajeros listos a embarcarse con destino incierto en una nave dudosa y con la vaga sensación de haber extraviado el equipaje.

—Mi papá dice que si aceptó colaborar con esos tipos no fue por el dinero sino por temor a que me secuestraran y asesinaran, como a mi mamá —habló Roxana.

—O sea, que lo extorsionaron —ofreció Esteban—. ¿Tú le crees?

—No sé —dijo la chica.

—Bueno, yo tampoco estoy seguro de la total inocencia de mi padre. Si mi padrino…

—Mi tío —dijo Roxana.

—Mi papá —dijo Octavio—. Yo tampoco creo en él.

—… si mi padrino andaba metido en esto, seguramente mi padre también, porque en manos de mi padrino mi papá se vuelve plastilina.

—No hablen de padres, por favor —dijo Salim, tratando de sonar leve—. Yo reencontré al mío hace un par de días y ya lo mandé al manicomio.

—Pues la última vez que mi papá me habló por teléfono fue para mi cumpleaños de quince, para felicitarme. Y mi mamá, en estos días anda ocupadísima con el pleito de su segundo divorcio, de modo que no la veo organizando contrabandos ni masacres —dijo Cindy procurando ser chistosa, pero nadie se rió.

—Por comparación mis padres parecen santos inocentes… ¿o inocentones? —murmuró Miguel Ángel entre dientes, sin ganas de ser oído.

La charla se internaba en arenas movedizas, pero Matías, que de alguna parte sacó un cuaderno y un bolígrafo, la empujó a tierra firme:

—Propongo que cada quien declare qué piensa hacer con su vida a partir de mañana —dijo el niño—. Yo lo anotaré y en el futuro, si no cumplen, se los voy a reclamar. Empecemos por el más viejo: a ver, Esteban.

—Voy a estudiar medicina, creo. Voy a tratar de entrar a la escuela médica militar —pero, por pudor, no dijo nada de ciertos proyectos que tenía con respecto a Roxana.

—¿Y tú, Miguel Ángel? ¿Mecánica, motores?

—Sí, pero no de autos sino de aviones: ingeniería aeroespacial —pero no mencionó sus proyectos relativos a Cindy—. ¿Quién sigue? ¿Tú, Roxana?

—Yo voy a ser astrónoma —dijo Roxana, sin hablar de los proyectos que creía que Esteban tenía acerca de ella—. ¿Y tú, Cindy?

—Yo voy a estudiar arquitectura —repuso Cindy—, pero mi proyecto más importante es llegar a ser una gran mujer en pareja con un grande hombre. Cuando lo encuentre.

—¡Ay, amiguita! ¡Te vas a quedar solterona! —se burló Octavio.

Todos rieron pero Matías los llamó al orden.

—En serio, en serio. ¿Tú, Salim?

Salim lo pensó un momento y al fin dijo:

—Psiquiatra. Quiero averiguar por qué la gente enloquece. ¿Y tú, mosquetero Octavio?

El pudor y la mesura no eran defectos de Octavio.

—Yo voy a formar un grupo de rock, voy a ser famoso y muy rico y algún día, de paso por aquí cerca, voy a raptar a la hija del Calamar, la mayor, que, por si no lo saben, se llama Estrella de Mar. Nomás tengo que aprender a tocar algún instrumento. ¿Y tú, escuincle?

—Pues yo tengo que terminar de leer *El tesoro de la juventud* y muchos otros libros, porque nos va a tocar hacer el mundo de nuevo. •

FIN

Siempre listos, de Luis E. González O'Donnell
se terminó de imprimir y encuadernar en enero de 2012
en Quad/Graphics Querétaro, S. A. de C. V.
lote 37, fraccionamiento Agro-Industrial La Cruz
Villa del Marqués QT-76240